薄 如 晨 曦

Moi,
Tituba, sorcière...
Noire de Salem

[法]

玛丽斯·孔戴

著

张洁

译

九 州 出 版 社
JIUZHOUPRESS

蒂图巴和我度过了整整一年亲密无间的时光。在我们不间断的长谈中，她向我托付了从未对他人透露过的秘密。

玛丽斯·孔戴

死亡是一扇门，穿越它通向幸福；

生命是一湾湖，淹没万物于苦痛。

Death is a port, whereby we pass to joy;

Life is a lake, that drowneth all in pain.

约翰·哈林顿

16 世纪清教徒诗歌

I

Chapter 1 第 一 章 ————

一六××年的一天，阿贝娜，我的母亲，在开往巴巴多斯的"基督君王"号上被一名英国水手强暴了。我便是这次侵犯的产物，是仇恨和轻蔑行径的果。

漫长的几周过后，当船抵达布里奇顿的港口时，没有人察觉母亲的异常。当时她未满二八，容貌昳丽，肤如黑玉，高高的颧骨上还文着精美的部落纹饰。正因如此，一个名叫达内尔·戴维斯的富有农场主花高价将她买下。他还一并买了两个男奴，也是阿散蒂人[1]，都是芳蒂人[2]和阿散蒂人战争的受害者。他将我的母亲派给了他的妻子，一个始终未能摆脱对故土英国的思念、身心时刻需要有人照顾的女人。他本以为我的母亲能歌善舞，还会耍点儿所有贪吃的黑鬼都会的小把戏，可以哄他的妻子开心。那两个男人则被他派到了他那成熟待收的甘蔗种植园和烟草田。

珍妮弗，达内尔·戴维斯的妻子，并不比我的母亲大多少。一场包办婚姻让她嫁给了这个她厌恶至极的粗鄙之人。这个男人夜夜出门买醉，留她独守空房，还有一大堆私生子。珍妮弗和我的母亲很快就缔结了友谊。毕竟，她们还只是两个会被夜行动物的咆哮和金凤花、加拉巴士木以及吉贝树影

1　居住在加纳中南部、多哥和科特迪瓦的阿坎族人中的一支，是阿坎族中人数最多、影响最大的群体。——译者注。若无特别说明，本书注释为原书注。

2　阿坎族人的分支之一。历史上，同属阿散蒂联邦的阿散蒂人与芳蒂人曾因英国殖民者的挑拨而同室操戈，使得国力大衰，被英国人分而治之，大量阿坎人被贩卖为奴。——译者注

吓得瑟瑟发抖的小姑娘。她们时常睡在一起，我的母亲会一边拨弄着女伴的长辫，一边给她讲在故乡阿夸平时母亲给她讲的那些故事。她每晚都会将自然之力汇聚到她们的床头柜上，为的是拥有一个安宁的夜晚，防止那些嗜血之怪在日出前将她们吸干。

当达内尔·戴维斯发现我母亲身怀六甲的时候，一想到为了买她所花的大把先令，简直气疯了。他居然买了个一无是处，还需要被照顾的病秧子回来！面对珍妮弗的苦苦哀求，他丝毫不为所动。为了惩罚我的母亲，他把她扔给了同她一起买回来的那两个阿散蒂男人中的一个，亚奥。不仅如此，他还禁止我的母亲再次踏足他们的主屋。亚奥曾是一名战士，不甘沦为甘蔗的奴隶，在砍伐和榨汁中度过余生，曾两次试图吞毒草自杀。人们好不容易把他救活，将他重新拉回这个令他厌恶的人生。达内尔的盘算是，给他一个伴侣的话，他就对生活有了盼头，就当是另一笔投资吧。一六××年六月的那个早上，他在布里奇顿奴隶市场做的几笔买卖可真是失败！两个男奴，一个死了，一个总是闹着要自杀。而阿贝娜则是个孕妇！

我的母亲是在晚饭前走进亚奥的那间茅屋的。那时，他正躺在垫子上，神情落寞，压根儿没想着开火，对这个要来的女人也没多大兴趣。当阿贝娜出现在他的屋子里时，他只是用手肘支起身子，喃喃说了声："阿克瓦巴（Akwaba）！"[1]

接着，他认出了她，惊讶道："是你！"

阿贝娜哭成了泪人。她这短短的一生经历了太多的风雨：村子被烧毁了，双亲在抵抗中被开膛破腹，自己被强暴，现在又被硬生生地与那个和她一样温柔又绝望的人儿分开。

亚奥站了起来，他的头顶到了屋顶，这个黑人就像一棵阿科玛树[2]。

"别哭了。我不会碰你的，也不会伤害你。我们说的不是同一种语言？还是我们爱戴的不是同一

1　欢迎。

2　一种生活在热带的树，常见于加勒比地区，可以长到四十米。——译者注

个神灵？"

他的视线移到了我母亲的腹部。

"这是主人的孩子，对吗？"

更为灼热、羞愧和痛苦的泪水，涌出了阿贝娜的眼眶："不，不是的！不过这孩子确实是一个白人的。"

看着低头站在自己面前的她，亚奥的心中涌出一股深切的柔情。在他看来，这个孩子象征着全族的羞辱，他们被打败、被驱逐、被戴上镣铐贩卖。他擦去了她眼中流出的泪珠。

"别哭了。从今天开始，你的孩子就是我的孩子。听到了吗？别理那些说闲话的人。"

她依旧痛哭不止。于是，他抬起了她的头，问道："你听过那个嘲笑棕榈弹弓的鸟的故事吗？"

我的母亲破涕而笑："怎么可能没听过呢？那是我小时候最喜欢的故事。我外婆每天晚上都会讲给我听。"

"我的也是……那个想当万兽之王的猴子的故事呢？它站在绿柄桑的树顶，想让所有的动物都匍蜀于它的脚下。可是树枝突然断了，它跌落在地，沾了一屁股灰……"

我的母亲放声大笑。她很久没笑过了。亚奥接过了她手上拿着的小包袱，将它放到了屋中的一角。随后，他抱歉道："屋里脏得很，因为对我来说，活着实在没什么滋味，生活本来已经是一摊我极力避开的脏水。可现在你来了，一切都不同了。"

这天夜里，他们相拥而眠，像兄妹，更像父女，感情真挚而纯洁。一周之后，他们才共赴巫山。

四个月后，我出生的时候，亚奥和我的母亲已知晓幸福的滋味。奴隶们这卑微的幸福，飘忽不定且危若累卵，由微小到几不可察的事情构成。早上六点，亚奥便要扛把砍刀加入衣衫褴褛的农奴大军，沿着逶迤小径走向田庄。在他不在的这段时间，我的母亲会在她那一亩三分地里种西红柿、秋葵或是其他蔬菜，做饭，喂一只骨瘦如柴的鸡。晚上六点，男人们回来后，女人们便开始围着他们忙活。

一看我不是男孩，我的母亲便哭了。在她看

来，女人的命运比男人的更加悲惨。想要改变自己的命运，难道她们不是必须征得这些奴役她们、让她们在床上服侍的男人的同意？相反，亚奥倒是非常高兴。他用瘦骨嶙峋的大手将我捧起，将我的胎盘埋在一棵吉贝树下，在我额头上涂上了新鲜的鸡血。然后，他抓住我的脚，将我的身体展示给天地四方，也是他为我取名：蒂图巴。蒂——图——巴。

这并不是个阿散蒂的名字。兴许，这个名字是亚奥自己造的，为了证明我就是他一心盼望的女儿，他爱情的结晶。

我生命的头几年，风平浪静。我是个漂亮的婴儿，妈妈的奶水很好，把我养得肉嘟嘟的。然后，我学会了说话、走路，开始探索身边这个虽惨淡却奇妙的世界。无垠天空下的暗色泥棚屋，自在生长的草地和树丛，大海和它那激昂的自由之歌。亚奥经常让我面朝大海，在我耳边低声呢喃："总有一天，我们将获得自由，展开翅膀飞回祖国。"

然后，他会用一团干的海藻擦拭我的身体，

预防雅司病[1]。

事实上，亚奥有两个孩子，一个是我，另一个是我的母亲。对于我母亲来说，他不仅是情人，更是父亲、救星和避风港！我是什么时候发现我母亲不爱我的？

大概在我五六岁的时候吧。我真是白担了"出身不好"的名声，我的肤色微红，头发也卷得彻底，可就算如此，我却总能让她想起那个在"基督君王"号上当着那群水手——一群淫邪的围观者——的面占有她的白人。我的存在时刻都在昭示她所遭遇的痛苦和羞辱。当我像其他的孩子一样往她怀里钻时，她会不由自主地推开我。当我想用双手圈住她的脖子时，她也会迫不及待地甩开我的手。只有亚奥说她时，她才会听两句。

"把她放在腿上。抱抱她。摸摸她……"

不过，我倒没有因此而缺爱，因为亚奥给了

---

[1] 流行于中非、南美、东南亚一些热带地区的一种皮肤病，多发于青少年。——译者注

我两人份的爱。我的小手，总被他那双粗糙的大手牵着。我的小脚，总是踩着他那大大的足迹。我的头，也总是依偎着他的颈窝。

这样的生活也有些许快乐。尽管达内尔的禁令很多，到了晚上，男人们仍会坐在唐唐鼓上敲鼓，女人们也会将自己的破衣服撩起，露出光泽的腿跳舞。

可更多的时候，我见到的都是残酷和虐待。好几次，收工回来的男人们身上鲜血淋漓，前胸后背都布满了猩红的伤痕。还有一个口吐鲜血的男人，死在了我的眼前。人们把这人埋在了一棵吉贝树下。葬礼过后，人们复又欢欣，至少他解脱了，走上了回家的路。

生育和亚奥的爱改变了我的母亲。她出落成了一位体态娇柔、面色红润的少妇，美得就像一朵甘蔗花。她会在额头上系一条白色的头巾，底下便是她那双亮晶晶的眼眸。一天，她牵着我的手去农场主分给奴隶们的一块田里挖薯蓣。微风推着云朵向大海的方向飘去，碧空如洗。巴巴多斯，我的家乡，是一个地势平缓的岛，零星缀有几座小山。

走在大黍田间蜿蜒小道上的我们，突然听见一阵怒吼。是达内尔正在训斥一位工头。当他的眼睛落在我母亲身上的时候，表情发生了一百八十度的转变，惊讶和痴迷的神情交织上演。他言语间显出诧异："阿贝娜，是你？看来我给你找的男人让你过得很滋润嘛。过来！"

我的母亲掉头就跑，她退得太急，手里装着砍刀的篮子和头上顶着的加拉巴士木水壶全都跌落在地。木壶应声碎成三块，里面的水流进了田里。砍刀插在地上，冰冷而致命。篮子则沿着小径一路滚下去，好像在躲避即将上演的悲剧。吓坏了的我，朝着母亲离开的方向跑去，好不容易才追上了她。

当我回到母亲身边的时候，她正气喘吁吁地靠着一棵加拉巴士木。达内尔站在离她不足一米的地方，衬衫已褪，长裤已脱，露出里面的白色内衣，他的左手正在摸索那玩意儿。我的母亲惊呼出声，朝着我的方向大喊："砍刀！快把砍刀给我！"

我立刻以最快的速度照办了，用瘦小双手握

着那柄巨刃递了过去。我的母亲连挥两下，白色亚麻衬衫慢慢染上猩红。

他们吊死了我的母亲。

我看见她的身体在贝吉树的矮枝上摇摆。

她犯了不可饶恕之罪，打了一个白人。她没能杀死他。她气得失了准头，只砍伤了他的肩膀。

他们吊死了我的母亲。

所有的奴隶都被召集来看她被行刑的样子。当她的脖子被拧断、灵魂归位之时，奴隶们不约而同地自胸膛中发出一首愤怒和反抗的悲歌，工头们不得不拿出粗大的牛筋鞭让他们收声。躲在一个女人裙摆中的我，生出一种混杂着恐惧和悲伤的情绪，它如同火山岩浆般在我身上凝结，再也无法与我剥离。

他们吊死了我的母亲。

当她的身体在空中摇摆之时，我用尽力气挪动着脚步离开，蹲在草丛边不住地呕吐。

为了让他给自己的伴侣赎罪，达内尔将亚奥

卖给了希拉比山另一边一个叫约翰·英格尔伍德的农场主。亚奥没能完成这段旅程。在路上，他就找了个机会咬断了自己的舌头。

达内尔把未满七岁的我赶出了种植园。要不是靠着奴隶同胞的时时救济，我早就死了。

一位老妇人收留了我。她看上去疯疯癫癫的，因为她曾目睹自己的伴侣和儿子们被冠上谋反的罪名严刑处死。但事实上，她可不是什么凡俗之人，拥有着能与无形之物沟通的超凡能力，一直与逝者为伴。和母亲与亚奥不同，她不是阿散蒂人，而是沿海的纳戈族，本名叶图德，克里奥尔语中被称为曼雅娅，人人畏惧。不过，也有人为了她的特殊能力而专程来找她。

我一到她家，她就用飘着难闻气味的根茎的水给我洗澡，让水流过我的四肢百骸。然后，她让我喝了一份自制药水，并在我的脖子上挂了一根红色碎石项链。

"你这一生会受很多苦。很苦，很苦。"

这话让我悚然不已，但她却说得那么平静，

甚至带着一丝笑意。

"可最终，你能活下来！"

这话并没能让我好受一点儿。可是，曼雅娅那佝偻僵硬的身躯所散发的威严让我不敢不信。

曼雅娅教会了我如何识别草药。

哪些能改善失眠，哪些能治疗伤口和溃疡。

哪些能让小偷口吐真言。

哪些能让癫痫病人镇定下来，进入幸福的沉眠。哪些能让怒火中烧、失落绝望、意图轻生的人重拾希望。

曼雅娅教会我如何听风，怎么判断起风之时，怎么评估聚集在棚屋上方时刻准备咆哮的风力。

曼雅娅让我认识了大海、山脉和丘陵。

她教导我，万物有命、有灵、有气。万事万物都应得到尊重。人类并不是骑在骏马上驰骋自己疆域的君王。

一日午后，我正睡着。正值大斋节，烈日炎炎。奴隶们口中唱着赞美歌，挥着锄头和砍刀在地里劳作。突然，我看见了自己的母亲，不是那个摇摆在树影下，痛苦受难、脱节断骨的牵线木偶，而是那个被亚奥的爱情滋润得容光焕发的女人。我惊喜地脱口叫道："妈妈！"

她忙将我抱入怀中。老天爷！她的嘴唇是那么柔软！

"原谅我，我以前竟然会以为自己不爱你！现在，我看清了自己的心，我再也不会离开你了！"

我幸福得都发了疯，兴奋地大喊："亚奥！亚奥在哪儿？"

她转过头去，说："他也在，就在这儿！"

亚奥也出现了在我的面前。

我立马跑去将这个梦讲给曼雅娅听，她正在刨晚餐吃的薯类根茎。听完，她露出一丝狡黠的笑容："你真觉得这是个梦？"

我目瞪口呆。

自此之后，曼雅娅便开始教我更为精深的知识。

只有被生者遗忘的亡者才是真的死了。只要我们还爱着他们、珍藏他们的记忆、给他们的坟上供奉他们生前喜欢的饭菜、时不时想想他们，他们就还活着。他们一直都在，就在我们身边，期待着我们的关注和爱。几个简单的词就能将他们的无形之体召唤到我们身边，迫不及待地盼着为我们服务。

不过，他们会离那些让他们恼火的人远远的。他们很记仇，对那些得罪过他们的人，哪怕是无心之失，也绝不原谅。曼雅娅教了我一些祷告词、连祷文和赎罪手势。她还教会我如何在想摆脱与生俱来的形态时，变身成树枝上的鸟、干草上的虫、奥蒙德河泥中的蛙。在她的教学中，最重要的是如何献祭。血与奶是关键液体。唉！可惜，我十四岁生日之后没几天，她的身体便遵循了人类的衰亡定律。她下葬的时候，我没有哭。我知道，我并不是孤身一人，现在有三个身影陪在我的身边，保护着我。

也是在这段时间，达内尔卖掉了他的种植园。几年前，他的妻子珍妮弗在给他诞下子嗣的时候难产而亡。那是个孱弱的婴孩，面色灰白，动不动就高烧不止。尽管强迫一个女奴和自己的孩子分开，专门照顾他，他看起来还是活不长的样子。这下倒是唤醒了达内尔的舐犊之情，他决定返回英国，挽救自己这根白种独苗的命。

种植园的新主子是个不按常理出牌的人，他只买了园子，奴隶一个都没留。于是，那些奴隶被戴上颈链和脚镣运至布里奇顿，卖给新的主人，大部分都搞得妻离子散。好在我不再属于达内尔，也不寄居于种植园，不用加入那凄惨走向拍卖市场的队伍。我在奥蒙德河边寻了一块无人踏足的角落，那里沼泽遍布，不适合种植甘蔗。我凭借一己之力，一拳一脚地搭起了一个棚屋。我还极有耐心地圈了一条海滨狭道，规整出一块百草园，在里面种了各式各样的药草。我遵循时令种植这些药草，让它们得以充分享受阳光和雨露。

回头看看，那应该是我一生中最幸福的时光。我并不孤独，因为亲友都在身边，触手可及又各自安好。

曼雅娅把植物教学的最后一部分知识传授给了我。在她的指导下，我大胆地尝试了各种杂交，例如：西番莲和牛头李，毒沙梨和酸枣，杜鹃花王和硫黄杜鹃。我还会精心调制药物和汤剂，并用咒语增强它们的效果。

晚上，铺陈于头顶的紫色天空如同一块巨大的画布，星辰密布，争相闪耀。早上，太阳吹起号角，邀我与它一同流浪。

离群索居，与白人毫无瓜葛的我曾是那么幸福！唉！可惜世事无常！

一天，大风吹翻了我的鸡棚，我不得不四下找寻我养的那只漂亮的红脖子公鸡和母鸡们，不经意便远离了自己所划的界线。

在某个十字路口，我碰到了一群推着小车运送甘蔗去磨坊的奴隶。多么凄惨的一幅画面！他们个个脸颊消瘦，穿着沾满污泥的破衣烂衫，瘦骨嶙峋，头发因缺乏营养而根根泛红。一个十几岁的少年帮着自己的父亲赶着套车，他面色阴沉，像一个对生活不抱任何希望的成年人那般沉默寡言。

一看见我，这五六个人立马跳到草丛里跪了下来，抬起眼睛敬畏地望着我。这让我很是惊讶。

人们给我编织了些什么样的传闻？

人们看起来都很怕我。可为什么呢？一个绞刑犯之女、泥沼边的隐士，难道不应该是人们可怜的对象吗？我想大概是因为我和曼雅娅的关系，毕竟人人都怕她。但这又是为什么呢？曼雅娅不是始终在用自己的天赋做好事吗？这种恐惧在我看来是如此不公。唉！人们本应夹道欢迎我才对！可现在看来，我恐怕只能在敌意和畏惧中尝试救死扶伤了。可作为治愈者的我并不应该让人恐惧啊。我垂头丧气地回到家里，什么母鸡、公鸡的都已抛到了九霄云外，它们怕是早就蹦跶到大路的草丛里去了。

和同胞的这次相遇改变了我的一生。在这次相遇之后，我开始靠近种植园，以便让人了解真正的我。要爱你的族人，蒂图巴！

我自觉是个温柔热情的人，竟然会让人心生恐惧！嘻！我倒是想呼风唤雨，让狂风如出笼的猎犬般将种植园主的白房子扫到天边去，或是懂得御火之术，操控烈火将那些屋子烧个干干净净，净化整座岛屿！可我没有这等法力。我只懂得如何给予慰藉！

　　渐渐地，奴隶们习惯了我的存在，慢慢地接近我。起初，他们还挺谨慎，后来就大胆起来。我开始出入他们的棚屋，救死扶伤。

Chapter *2* 第 二 章

"喂！你就是蒂图巴？怪不得人人怕你。你真
该看看你这副表情！"

和我说话的是个年轻的男人，年纪一看就比
我大，二十来岁，身材高大，看起来笨手笨脚的。
他的肤色较浅，头发也出奇地直。我想回击他，话
却像是不情愿般地消失了，连个完整的句子也说不
齐。在极度的窘迫中，我竟发出了猪叫般的哼哼声。
我的对手立马笑得前仰后合，把刚才的话又重复了
一遍："看吧，难怪别人会怕你。你既不会说话，

头发也乱得像草。你知道吗？你可是个美人坯子。"

他大胆地凑了过来。但凡我和男人打的交道再多一点儿，我就能发现他那宛如狡兔一般的琥珀色眼中隐藏的恐惧。可当时的我并没有这种能力，我完全被他用嗓音和笑声搞出的虚势给唬住了。我好不容易才挤出一句话："是啊，我就是蒂图巴。你呢，你是谁？"

他答道："大家都叫我约翰·印第安。"

这是个罕见的姓氏，我皱了皱眉："印第安？"

他露出了一副自得的神情："我的父亲是少数没有被英国人吓跑的阿拉瓦克人[1]之一，是个身高足有八英尺的巨人。我是他无数的私生子之一。在他和一名纳戈女人共度几次春宵之后，喏，我就出生了！"

他原地转了个圈，放声大笑起来。这种快乐让我惊讶。所以，在这悲惨的世界上还有人是幸福

---

[1] 生活在加勒比海大安的列斯群岛和南美洲的一支操阿拉瓦克语系诸语言的印第安人。——译者注

的……我有些局促地问他："你是一个奴隶吗？"

他肯定地点点头："是的。我的主人是苏珊娜·恩迪科特，她住在卡莱尔湾那边。"

他指了指天边波光粼粼的大海。

"她派我到塞缪尔·沃特曼那儿去买来亨鸡[1]的鸡蛋。"

我继续问道："塞缪尔·沃特曼是谁？"

他笑了起来，脸上又浮现出那天真无邪的笑容。

"你不知道是他买下了达内尔·戴维斯的种植园？"

说完，他弯下腰捡起了放在脚边的圆草篮。

"嗯，我得走了。要是回去晚了，恩迪科特主人又要唠叨了。你知道女人多么喜欢唠叨吗？尤其当她们开始变老还没有丈夫的时候。"

全是些废话！我却昏了头。当他向我招手示

---

1 一种著名的卵用鸡品种，原产于意大利的来亨港。——译者注

意、慢慢离去之时，我也不知道自己是着了什么魔，用一种从未用过的语气问他："我还能见到你吗？"

他盯着我看了一会儿。我不知道他从我脸上读出了什么，然后他用一种自命不凡的语气说道："星期天下午，卡莱尔湾那边会举办一场舞会。你想去吗？我会在的。"

我不住地点头。

我慢慢走回自己的棚屋。生平第一次，我开始打量自己的栖息之所，它看起来那么阴森恐怖。用斧头胡乱劈成块的木板，在风吹雨淋下已经开始发黑。棚屋左侧的那束九重葛，尽管开着紫色的花朵，也没能增添些许欢欣。我环看四周：除了一棵疙疙瘩瘩的加拉巴士木外，就是几茬芦苇了。我禁不住发起抖来。我走向残破的鸡棚，从还没跑的鸡中抓了一只出来，随即熟练地将它开膛破肚，把血洒在地面上，然后低吟道："曼雅娅！曼雅娅！"

她很快就现身了。不是以那垂死的老妇人形象，而是永恒赋予的新形象：浑身香气，还戴着一串橙花作为装饰。我急匆匆地说道:"曼雅娅,我要这个男人爱我。"

她摇了摇头:"男人是不会爱的。他们只会占有和奴役。"

我反驳道:"亚奥就爱阿贝娜!"

"那是个罕见的例子。"

"也许这次也是呢!"

她向后仰了仰头,对此嗤之以鼻:"人人都说半个卡莱尔湾的母鸡都围绕在这只公鸡身边。"

"那就让这种情况就此结束。"

"只消看他一眼就知道这是个头脑空空的黑奴,满肚子的花言巧语和恬不知耻。"

看着我满眼的焦灼狂热,曼雅娅这才认真起来:"行吧,去参加那个他邀请你去的卡莱尔湾舞会吧!不过,记得弄点儿他的血回来,要用他贴身的布料接着。"

说完她就消失了,但我还是捕捉到了她脸上忧伤的神情。也许,在那个时候,她就已察觉我的命运之环开始转动。我的人生,如同河流,难以彻底改道。

在此之前，我从没在意过我的外表，对自己是美是丑毫无概念。他怎么和我说的来着？

"你知道吗？你可是个美人坯子。"

可是他那么爱开玩笑，谁知道是不是在讽刺我。我脱掉衣裳，躺下，双手游走在自己的身躯上，自觉还算凹凸有致。当快要到达私处之时，突然，我觉得那不再是我的手，而是约翰·印第安的手在抚摸。一股带有腥味的液体从我的身体深处喷出，双股之间一片汪洋。宁静的夜里，耳中满是自己的喘息。

我的母亲，在被那个水手强奸的时候，是否也曾发出这样的声音？那一刻，我明白了她为什么要极力避免自己的身体再一次被无爱的占有所玷污，为什么会想杀了达内尔。他还说了些什么来着？

"你的头发乱得像草。"

第二天醒来后，我立马跑到奥蒙德河边，胡乱将一头乱发修剪了一番。当最后几缕蓬松的鬈发落入水中的时候，我听到一声叹息。是我的母亲。

我并没有召唤她，我明白，必然是因为极大的危险将要降临，她才会现身。她喃喃道："为什么女人摆脱不了男人？瞧，你就要被带到水的另一边去了……"

我吃了一惊，打断了她："水的另一边？"

她没有解释，只是语气悲伤地重复："为什么女人摆脱不了男人？"

所有的一切，曼雅娅的保留、母亲的叹息，本应让我警觉，可事与愿违。周日，我还是去了卡莱尔湾。我翻箱倒柜地找出一条淡紫色的印第安棉布长裙和一条细棉布衬裙。它们应该都是我母亲的。在我穿戴的时候，两件东西滚到了地上。是两只克里奥尔式的耳环。我朝着虚空眨了眨眼。

我上一次去布里奇顿的时候，母亲还活着。十年间，这座城市迅速地发展起来，成了一个重要的港口。港湾中，各式桅杆遮天蔽日，万国旌旗随风飘扬。在我看来，城市中的木质房屋典雅端庄，游廊蜿蜒，穹顶高耸，每家每户的窗户都向外大敞着，如同孩童之眼。

跟着远处传来的乐声，我毫不费力就找到了舞会的举办地。哪怕当时我对时间有那么一点儿概念，我都会知道，那时正是狂欢节，一年中奴隶们唯一能想怎么快活就怎么快活的时光。他们从岛屿的四面八方赶来庆祝，试图忘记他们已非正常人类的事实。人们看着我，交头接耳地说："她是哪里冒出来的？"

显然，人们没能把这个优雅的年轻女孩和在种植园之间流传的那个言行举止神秘莫测的蒂图巴联系在一起。

约翰·印第安正和一个戴打褶马德拉斯头巾的高个查宾[1]女孩跳舞。看到我，他立马撇下她，从舞池中央朝我走来。他眼中的星光让人想起了他那位阿拉瓦克祖先。他笑着说："是你吗？真的是你吗？"

然后，他拉着我。

---

1 查宾人，安的列斯群岛上，父母为黑人或混血，肤色较白的人种，发色一般为金黄或红色。——译者注

"来，快来！"

我有点儿踟蹰："我不会跳舞。"

他又大笑起来。天，这个男人实在太会笑了！他的喉咙中每发出一个音符，就敲开一扇我的心门。

"一个不会跳舞的黑人？有人见过吗？"

很快，人们开始聚集到我们身边。我的脚踝和脚跟仿佛生出了翅膀。我的髋部和腰肢是那么柔软！肯定有条神秘之蛇进入了我的身体。难不成是那条曼雅娅和我说了无数次的原初之蛇，世间万物创造者的化身？是它让我如此善舞的吗？

好几次，那个戴打褶马德拉斯头巾的高个查宾女孩都试图挤到我和约翰·印第安的中间。根本没人在意。当约翰·印第安用一块本地治里[1]的棉布手帕擦拭额头时，我才想起了曼雅娅的话："一点儿他的血。贴身之物。"

1　本地治里为印度东部的一个城市，其中央直辖区曾是法属印度的一个据点。——译者注

　　我有点儿飘飘然。还有必要吗？他看起来已经"自然地"被我吸引了。可很快，我直觉感到重要的不是如何吸引一个男人，而是怎么留住他。毕竟，约翰·印第安这样的男人，太容易受到诱惑，对固定的关系并不上心。所以，我还是听从了曼雅娅的建议。

　　我顺手从他那儿拿过那块手帕，并趁机用指尖划了他一下。他叫了一声："哎哟！你干吗呢，女巫？"

　　他是戏言，我却心下一沉。

　　女巫是什么？

　　从他的语气中，我听出这不是个好词。为什么会这样？为什么？通灵之力，与逝者沟通之力，治愈之力，难道不应是一种让人尊敬、欣赏和感激的超自然赐福？那么，女巫，如果我们把它当作拥有这种赐福之人的称谓的话，难道不应该受人尊重爱戴而非恐惧？

　　这些思绪让我情绪低落。跳完了最后一支波尔卡舞，我离开了舞池。约翰·印第安倒是忙得很，压根儿没注意到我的离开。

外面，暗夜的丝绦缠住了岛屿的颈项，仿佛要将其一分为二。风平浪静。树木一动不动，如同虔诚的信徒。我想起了母亲的呢喃："为什么女人摆脱不了男人？"

是啊，为什么呢？

"我可不是躲在丛林里的逃奴！绝不可能住到你在林间搭的那个兔子窝里。如果你想和我在一起，你就得住到我在布里奇顿的家中！"

"你的家？"我嘲讽道，又补了一刀，"一个奴隶是没有'家'的！难道你不是苏珊娜·恩迪科特的所有物？"

他看起来有点儿不高兴："对，苏珊娜·恩迪科特是我的女主人，但是，她人很好……"

我打断了他："一个主子怎么会是个好人？奴隶竟然会把主子当宝？"

他装作没听见我的话，自顾自地说："我在她的房子后有间自己的棚屋，想干什么就干什么。"

他抓住我的手。

"蒂图巴，你知道别人都说你什么吗？人人都说你是个女巫……"

又是这个词！

"……我想向大家证明这不是真的，我当着他们的面娶你为妻。我们一起去教堂，我教你怎么祈祷……"

我本应掉头就走的，不是吗？可我竟然留下了，毫不反抗，满怀爱意。

"你会念祷词吗？"

我摇了摇头。

"世界是如何在七天里被创造出来的？我们的祖先亚当是怎么因为另一个祖先夏娃被赶出伊甸园的……"

他扯的是个什么奇怪的故事？可我并没有能力反驳。我抽回了自己的手，背向他。他凑在我的脖子边轻轻吐息："蒂图巴，你不想要我吗？"

这就是不幸的根源。我从没像想要这个男人般想要过任何人。我从未像渴望他的爱这般渴望过其他人的爱，哪怕是我母亲的。我渴望他的触碰。

我渴望他的抚摸。我等着他占有我的那刻，等待着血脉偾张、流出欢愉之水的那刻。

他继续进攻，贴着我的肌肤蛊惑："你不想和我待在一起吗？从那些傻公鸡在鸡窝里开始扑腾的那刻，直到太阳落海、一天中最为火热的时刻拉开序幕之时？"

我勉力支撑着站了起来："这是个很重大的决定。让我想想，一周后，我会到这里告诉你答案。"

他恼怒地抓起了自己的草帽。这个约翰·印第安到底有什么地方让我如此神魂颠倒？他不算高大，也就是个五英尺七英寸的中等身材，体魄不见得魁梧，长得确实不丑，却也谈不上多么英俊！拿得出手的也就是齿如齐贝、双目炯然了吧。我必须承认，我抛出这个问题真是虚伪至极。我自是知道他最大的优点是什么，可我不敢正视这一点：他那用黄麻绳系住的白布科诺克长裤[1]下蛰伏着的那根尺寸可观的性器！

---

1 奴隶穿着的紧身长裤。

我说了声："周日见。"

甫一到家，我便开始召唤曼雅娅，她对这事毫无热忱，一现身便面带愠色："你还想怎么样？难道还不满意？他都向你求婚了……"

我声若蚊蚋："你知道我并不想回到白人的世界。"

"你非去不可。"

"为什么？"我差点儿吼了出来，"为什么？你不能把他带到这里来吗？难道说你就这么点儿力量？"

她并没有生气，而是用一种充满柔情和怜悯的眼光看着我："我一直都在和你说，世界有着自己的运行规则，我无法完全改变它。如果可以，我会毁了现在这个世界，然后建立起一个我们的族人能自由生活的世界，让那些白人也尝尝被奴役的滋味！嘻！可我没这个能力！"

我哑口无言。曼雅娅消失了，和她来时一样，空气中残留着标志着无形之人出没的桉树气味。

形单影只的我，在四块石头之间生起了火，

把土锅架在上面。我往里面丢了根辣椒和一块咸猪肉，准备做个炖菜。可我并没有什么食欲。

我的母亲被一个白人强奸，因为一个白人而被吊死。我看着这个白人吐出舌头，拔出肿胀深紫的阴茎。我的养父也因一个白人而自杀身亡。如此血海深仇，我竟还想着要和一群白人住在一起，与他们比邻而居，供他们奴役驱使。凡此种种皆因对一个凡夫俗子的迷恋。这不是疯狂是什么？疯狂加背叛？

这天晚上，我一直在和自己斗争，这个斗争持续了七天七夜。最终，我不得不承认，我输了。我不希望任何人体验我所经历的折磨、悔恨、自厌、恐惧。

接下来的这个周日，我往一只加勒比式的篮子里塞了几条母亲的长裙和三条衬裙，用一根竿子抵住了棚屋的大门，放生了所有的牲畜——那些为我提供蛋类的母鸡和珍珠鸡，那头用奶水哺育了我的母牛，还有那头我养了整整一年，始终不忍宰掉的猪。

我为所有曾经居住于此——这个即将被我抛弃的地方——的所有生灵不住地低声祈祷。

然后，我朝着卡莱尔湾的方向走去。

Chapter *3* 第 三 章

　　苏珊娜·恩迪科特是一个五十多岁的矮个女人，发色灰白，头发中分，发髻束得那么紧，额头和太阳穴的皮肤都被扯得平整无皱。从她那双海蓝色的眼中，我能读出她对我的反感。她满眼厌恶地看着我："蒂图巴？这是个什么名字？"

　　我冷淡地回答："这是我的父亲为我取的。"

　　她气得涨红了脸："和我讲话的时候垂下你的眼。"

　　看在约翰·印第安的分儿上，我照办了。

她接着说："你是基督徒吗？"

约翰·印第安马上接道："我会教她怎么祷告的，主人！我会去和布里奇顿教区的神父说，让她尽快接受洗礼。"

苏珊娜·恩迪科特这才看着我说："你就负责打扫屋子吧。每周得擦一次地板。你还要负责洗烫衣物。不过，你别碰吃的，我会自己煮。我可受不了你们这些黑人用那褪色发黄的爪子碰我吃的东西。"

我看了看自己的手掌。灰粉灰粉的，和海边的贝壳一样。

面对如此言论，约翰·印第安的回应竟是哈哈大笑。我被惊得哑口无言。从没有人这么和我讲过话，我也从未受过如此奇耻大辱！

"你们可以走了！"

约翰左蹿右跳，用一种半哀怨半乞求的语气，活像个小孩在求恩典："主人，当一个黑奴娶老婆的时候，难道不应该赏他两天假吗？好不好吗，主人？"

苏珊娜·恩迪科特吐了口痰，现在，她的眼睛变得暗蓝，如同风云密布的大海："你倒是给自己找了个大美人哪，但愿你不会后悔！"

约翰又大笑起来，边笑还不忘边附和："但愿！但愿！"

苏珊娜·恩迪科特的语气突然柔和下来："去吧去吧，记得周二给我回来。"

约翰继续用那副滑稽的口吻磨着："两天，主人！就两天！"

她妥协了："好吧好吧，你赢了！我哪次没依着你！周三回来干活，可千万别忘了！"

他骄傲地保证："我什么时候忘过？"

然后，他匍匐于地，想捧起她的手亲吻。她这次可没顺他的意，用手拍了他一巴掌。

"滚吧，黑鬼！"

我体内的血液都在沸腾。约翰·印第安知道我在想什么，立马拉着我就走，就在这时，苏珊娜·恩迪科特的声音把我俩牢牢钉在地上："哟，蒂图巴，你不谢我吗？"

约翰用力捏了捏我的手指，恨不得要把它们捏碎了。我从牙缝中挤出几个字："谢谢您，主人。"

苏珊娜·恩迪科特是一个富有种植园主的遗孀，她的丈夫是第一批从荷兰人那里学会榨糖技术的人。丈夫去世之后，她便卖掉了种植园，释放了所有的奴隶。她虽然讨厌黑人，却极为反对奴隶制。我不是很能理解这种矛盾的心理。她只留下了她看着出生的约翰·印第安。她卡莱尔湾的漂亮豪宅建在一个绿树成荫的花园中央，约翰·印第安的棚屋则矗立在花园的深处。不得不说，这个棚屋确实挺漂亮的。屋子由石灰粉刷过的柴排建成，看着倒像个小凉台，支柱那儿还系着一个吊床。

约翰·印第安用木棍闩好了门，一把搂住我，低声说道："活着就是奴隶的天职。你听到了吗？活着！"

这话让我想起了曼雅娅，我立刻泪如泉涌，泪珠顺着我的脸颊滑落。约翰·印第安顺着这条咸涩的泪道一颗一颗地吻掉了泪珠，直吻到我的嘴。我抽泣着。他在苏珊娜·恩迪科特面前的言行给我带来的愤懑和羞辱感不但没有散去，反倒转成盛怒，愈发激起我对他的欲望。我疯狂地撕咬着他的颈脖。他又发出了他那招牌式的笑声，喊道："过来，小母马，让我来驯服你。"

他一把抱起我，将我搬进了房间。里面摆着一张有天盖的床，一个意料之外的古怪堡垒。躺在这张应该是苏珊娜·恩迪科特赐给他的床上，我的愤怒成倍地增长，这让我们俩第一次的亲密接触宛如一场战争。

我等这一刻等得太久了。欲望得到了餍足。

事毕，极度疲倦的我侧过身准备安睡之时，一声悲叹传来。那应该是我的母亲，可我不想和她交流。

那两天真的如梦似幻。约翰·印第安既不专横也不唠叨，还很独立能干，他把我当女神一样供奉，亲自做玉米面包，煮炖菜，将鳄梨、红心芭乐和略带腐烂气味的木瓜切片。他会用库伊[1]装好食

---

1 用加拉巴士木的果实所制作的容器。——译者注

物端到床上给我吃，勺子也是他自制的，上面雕刻着方形纹饰。他还会装成说书先生，在想象的舞台上表演："醒木一响？故事开讲！大伙儿都还醒着吗？"

他会拆开我的发辫，以他的方法重新梳好。他还会用依兰香味的椰子油涂抹我的身体。

但是两日就是两日，一分一秒也不能多。周三一早，苏珊娜·恩迪科特便跑来敲门了。我们听到她泼妇一般的叫唤："约翰·印第安，你还记得今天是星期几吗？你怕是只顾着和老婆亲热了吧。"

约翰立马跳下床去。

而我则慢条斯理地穿起了衣服。当我到达苏珊娜·恩迪克特的大屋时，她正坐在厨房吃她的早餐，一碗燕麦糊和一片黑麦面包。她指着一个长方形、钉在墙上的东西问我："你会看时间吗？"

"时间？"

"是的，可怜虫。这个东西叫挂钟。你每天早上六点钟就要开始干活。"

然后，她给我指了指桶、扫帚和刷子："还不快去！"

这栋房子共有十二个房间，外加一个顶楼，里面塞满了已故约瑟夫·恩迪科特的华服。看样子，这个男人生前相当讲究穿着。

当累得摇摇晃晃、灰头土脸、衣裙尽湿时，我才重新下楼。苏珊娜·恩迪科特正在和她的朋友们喝茶。一行六七个人，都和她本人差不多，肤色乳白，头发后梳，披肩的巾尖都在腰带处系成结。那几双颜色各异的眼睛惊恐地盯着我："她是打哪儿冒出来的？"

苏珊娜·恩迪科特拿腔拿调地说："这是约翰·印第安的伴侣！"

女人们纷纷发出惊呼，其中一个直言不讳地说："在你家里！不是我说，你也太纵容那个小子了！你可别忘了，他只是个黑奴！"

苏珊娜·恩迪科特宽容地耸耸肩："我宁可让他在这里就有自己想要的一切，免得他在外面四处留情，消耗精力。"

"她至少是个基督徒吧？"

"约翰·印第安说他会安排的。"

"你会给他们办婚礼吗？"

这些胡言乱语远不及她们的态度让我惊愕厌恶。站在门口的我仿佛不存在。她们谈的是我，却当我是空气，完全不把我当人看。我什么都不是，就是个透明人，比那些看不见的存在还要透明，因为前者还有人人畏惧的力量。而蒂图巴，这些女人想让蒂图巴是什么样就是什么样。

这简直是一场酷刑。

蒂图巴相貌丑陋，体态臃肿，低人一等，她们说什么就是什么吧。我走到花园时，听到了她们对我的评价。她们装出一副对我视而不见的样子，实际上却把我从头到脚仔细打量了个遍："她的眼神简直能让人血液倒流！"

"那活脱脱就是女巫的眼睛。苏珊娜·恩迪科特，你得小心！"

我回到了自己的棚屋，坐在凉台上。

坐了一会儿，我听到了一声叹息。又是我的母亲。这一次，我转头望着她，愤然说道："你活着的时候难道就没有爱过吗？"

她摇了摇头："我？我的爱情并没有让我变糟。亚奥的爱情让我重拾自尊和自信。"

语毕，她缩成一团，消失于一株卡宴玫瑰的根部。我呆坐着。其实，想摆脱这种状况，几个动作就够了。起身，拿起我那小小的包袱，关上我身后那扇门，回到奥蒙德河。可是，我不能！

那一拨拨从船上被赶下，让布里奇顿上流社会聚集一堂，齐声嘲笑他们体态步伐、言情举止的黑奴都比我自由。因为他们没有主动地选择枷锁。他们并不是自愿走向那浩瀚无垠、变幻莫测的大海，也没有主动献身于那些奴隶贩子，折断自己的脊梁。

不像我。

"我信上帝，全能的父，创造天地的主。我信我主耶稣基督，上帝的独生子……"

我疯狂地摇头："约翰·印第安，我不能念这一段。"

"念吧，我的爱！对于奴隶来说，活着最重要！念吧，我的女王。你难道认为我真的相信他们那三位一体的鬼话？一个上帝却有三个形态？这都不重要，装装样子就行，念吧！"

"我做不到。"

"念吧，我的爱，我满头乱发的小宝马！重要的，不就是我们俩躺在这张大床上，如同湍流中的木筏？"

"我不知道！我已经搞不清了！"

"我向你保证，我的宝贝，我的女王，只有这才是重要的！快，跟我一起念！"

约翰·印第安紧紧捏住我的手，我只得跟着他念道："我信上帝，全能的父，创造天地的主……"

可我对这段话毫无共鸣。这和曼雅娅教我的东西完全不一样。

因为信不过约翰·印第安会认真对待这件事，苏珊·恩迪科特亲自上阵教我诵读基督教的教理课程，并为我解读她那本圣书中的经文。每天下午四点，我都看着她将手放在那本皮质的大部头上，只有在画了十字并念完一段短经之后才会翻开它。我站在她的面前，支支吾吾。

我不知道该怎么解释这个女人给我带来的压力。一见着她，我便四肢僵硬，惊恐万分。

在她那双蔚蓝眼眸的注视下，我毫无反抗之力。我比她希望的更完美：一个有着令人厌恶肤色的傻大个。我白向那些爱我的人求救了，他们一点儿忙也没帮上。每次一离开苏珊娜·恩迪科特的视线，我便开始反省自责，发誓下一次一定不会这么软弱无能。我甚至会提前想好自己要怎么针尖对麦芒地反驳她的那些问题。唉！可每次一碰到她，我的骄傲、自信便逃得无影无踪。

这天，我一推开厨房的门——她正是在那里给我上课——就发现她的眼神中流露出无声的警告：她手上有个撒手锏，很快就会用来对付我。一开始，教理课倒还和平常一般无二。我费力地念诵："我信上帝，全能的父，创造天地的主……"

她没有打断我。

她由着我吞吞吐吐、磕磕巴巴、含糊不清地

念着打结的英语。当我好不容易背完，已经精疲力竭，活像跑着登完一座山的时候，好戏开场了。

"你是不是那个杀了一个庄园主的阿贝娜之女？"

我反驳道："她没有杀人，主人！只是伤了他而已！"

苏珊娜·恩迪科特的脸上浮起一丝笑意，表示这对她来说都是毫无意义的砌词狡辩。她继续说道："你是不是由一个叫曼雅娅的纳戈族黑人女巫带大的？"

我嘟嘟囔囔地说道："女巫！什么女巫？她一直都在救死扶伤！"

她的声音尖锐起来，那双单薄失色的嘴唇一张一合："约翰·印第安知道这些吗？"

我鼓起勇气反驳道："这有什么需要隐瞒的吗？"

她垂下了眼睛，盯着自己的书。这时，约翰·印第安背着柴火进来了，一看我垂头丧气的样子，他就明白有大事要发生了。唉！过了好一会儿我才告诉他实情："她都知道了！她知道我的身世了！"

他的身体立马变得僵硬冰凉，活像过夜的死尸。他喃喃道："她说什么了？"

我将整件事向他全盘托出，他听完之后叹了口气，绝望地说道："不到一年以前，达顿总督在布里奇顿广场烧死了两个被控与撒旦有交易的奴隶，对白人来说，女巫就得死……"

我马上抢白："撒旦！我在进入这个屋子以前，听都没听过这个名字！"

他冷笑着说："你去和法庭讲道理吧！"

"法庭？"

约翰·印第安是真的怕得要命，在屋里都能听见他那剧烈的心跳。我只好命令他："给我解释一下！"

"你根本不知道白人的厉害！如果她让其他人相信你是女巫的话，你就等着被他们绑上木桩吧！"

那天晚上，自我们同居以来，他第一次没有碰我。我在他身边辗转反侧，欲火焚身，摸索着他那只曾带给我那么多欢愉的手。但是，他推开了我。

夜色渐消。

我听见风在呼啸，从棕榈树梢掠过。我听见海的怒吼。我听见狗在朝着游手好闲的黑人狂吠。我听见金鸡打鸣。天亮了。约翰·印第安一言不发地起床，用衣服套住他那不愿意碰我的身体。我泪如雨下。

当我走进厨房准备开始早上的苦差时，苏珊娜·恩迪科特正和牧师的妻子贝齐·英格索尔谈得起劲。她们在说我，我知道。她们那笼罩在燕麦粥冒出的热气中的头都快贴到一起了。约翰·印第安说得没错，一场阴谋正在酝酿。

在法庭上，一个奴隶，哪怕一个拥有自由之身的黑人的话，都是不作数的。哪怕我们喊破嗓子，声嘶力竭地说自己不知道撒旦是谁，也不会有人把我们的话当真。

那一刻，我决定开始反击。

不能继续坐以待毙了。

尽管冒着下午三点的酷热出门，我却丝毫没有感到太阳的毒辣。我走到了位于约翰·印第安茅

屋后的一方土地，开始祈祷。我和苏珊娜·恩迪科
特已势如水火，不共戴天。如果我们俩之间有一个
人是多余的，那个人肯定不是我。

Chapter *4* 第四章 ————

"我呼唤了整整一个晚上，你怎么现在才来？"

"昨晚我在岛的另一边安慰一名女奴，她的伴侣受尽折磨而死。那些人对他用了笞刑，然后把辣椒倒在伤口上。他们还切掉了他的生殖器。"

通常，这样的事情肯定会让我怒发冲冠，可那天的我却对此充耳不闻。我自顾自地说道："我要让她在人世间最深切的痛苦中慢慢熬死，还要让她知道这一切都是因为得罪了我。"

曼雅娅摇了摇头："不要被仇恨冲昏了头脑。

用你的天赋来帮助和安抚同胞吧。"

我不赞同地说:"可是,她已经向我宣战了!她想夺走约翰·印第安!"

曼雅娅露出一丝苦笑:"你总是要失去他的。"

我惊得语无伦次:"怎么会呢?"

她并没有回答,仿佛她刚才说的话已泄露了天机。看着我如此心神大乱,原本在一旁静静听着我们对话的母亲低声说道:"没了他更好,真的!这个黑人就是你的孽根祸胎。"

曼雅娅用责备的眼光看了她一眼,她立马闭口不言。我故意不去理会她的言语,只是看着曼雅娅,盯着她问道:"你愿不愿帮我?"

我的母亲忍不住又插了一句:"花言巧语和厚颜无耻!满肚子的花言巧语和厚颜无耻!"

最终,曼雅娅无奈耸耸肩:"你还想让我怎么帮你?我已经倾囊相授了,不是吗?而且很快,我也帮不上什么忙了。"

这话说得蹊跷,我赶忙问道:"什么意思?"

"我们将分隔两地,见你一面需要跋山涉水,难得很！"

"为什么要跋山涉水？"

我的母亲泪眼婆娑。多么奇怪！这个女人生前给予我的温情寥寥无几，死后的保护欲却如此之强，甚至称得上专制。我有些恼火，干脆转过身不再去看她，又问了一次："曼雅娅，为什么你需要跋山涉水才能来看我？"

曼雅娅依旧保持着沉默。我明白了，哪怕她再爱我，我这凡人之躯还是让她不得不有所保留。

我只得接受这沉默，回到之前的话题："我想要苏珊娜·恩迪科特去死！"

我的母亲和曼雅娅以同样的方式起身，后者的动作中带着一丝恨铁不成钢的泄气。

"就算她死了，你的命运也不会改变。你的心还会因此蒙尘。你会变得和他们一样，只懂得杀戮和摧毁。让她得个颜面扫地的顽疾就足够了！"

两人的身影逐渐远去，我则待在原地思考该怎么办。令人颜面扫地的顽疾？哪一种？直到夜幕降临，约翰·印第安都回来了，我还没能做出决定。他看起来已经战胜了内心的恐惧，我的男人，还给我带了一份惊喜：一条淡紫色的天鹅绒丝带，他从一个英国商人手上买的，亲自给我扎到头发上。我想起了曼雅娅和母亲阿贝娜对他的负面评价，为了让自己安心，我问他："约翰·印第安，你爱我吗？"

他喃喃自语道："胜过我的命。胜过苏珊娜·恩迪科特在我们耳边喋喋不休灌输的上帝！可，我也怕你……"

"你为什么怕我？"

"因为我知道你能变得多可怕！我总觉得你会变成荡平岛屿的飓风，将椰子树连根拔起，在天地间立起一把铅灰巨刃。"

"别说了！我们来做爱吧！"

两天之后，苏珊娜·恩迪科特在给牧师的妻子倒茶时突然猛地痉挛起来。后者刚叫来在劈柴的约翰·印第安，一道道恶臭的液体便顺着那老女人的大腿流了下来，在地板上汇聚成一摊浑浊不堪的液体。

　　人们叫来了福克斯医生，一位牛津毕业的科学家，还曾出版过一本《看不见世界中的奇迹》。这个医生可不是随便选的。苏珊娜·恩迪科特的病来得太突然了，难免引人猜测。毕竟前一天，她还腰缠披肩、头戴修女帽地给孩子们上教理课，还在鸡蛋上做蓝色标记，让约翰·印第安拿到市场上去卖。也许她早就把对我的怀疑搞得人尽皆知？不管怎么说，这位福克斯医生倒是从头到脚地把她检查了一遍。就算他被苏珊娜床上飘出的恶臭给恶心到了，也没表现出一丝一毫，还和她一起在房间里关了差不多三个小时。他下楼之后，我听见他和牧师及几个信徒在那儿窃窃私语。

　　"她身上所有隐私的部位我都检查过了，没发现任何恶魔吮吸产生的凸起，大的小的都没有。我也没在她身上找到任何跳蚤咬过的红紫痕迹。更没有不起眼的、针扎之后也不流血的伤痕。所以，我给不出什么结论性的诊断。"

　　我可真想亲眼看看我那个敌人——乱嚼舌根的不义之徒——溃败的模样！可是她的房门只有在

她某个迈着碎步奔跑的密友为她送餐盒或夜壶时才会半开。

俗话说："猫儿不在，耗子跳舞。"

苏珊娜·恩迪科特病倒的那个周六，约翰·印第安就组织了一场舞会！我知道他和我不同，不像我那么阴沉忧郁，整个成长过程只有一个老妪为伴。可我也没料到他居然有那么多朋友。他们从岛的四面八方而来，甚至连圣·卢西和圣·菲利普这样偏僻的省份都有人来。还有个人花了整整两天时间从科布勒斯岩¹走来！

那个戴打褶马德拉斯头巾的高个查宾女孩也在受邀之列。这次，她只是用恼恨的目光看着我，并没有近身，好像知道她在和一个厉害的对手交锋。一位男宾从他主人的店里偷了一桶朗姆酒，我们用锤子一下就锤开了。推杯换盏，酒过三巡之后，气氛开始热烈起来。一个长得像根多节竹竿的刚果

---

1 圣·菲利普省的一个小城，距离布里奇顿约二十公里。——译者注

人跳到了桌上，带着大家搞起了猜谜游戏："听我说，黑人朋友们！听好了！我既不是国王也不是王后，却也能让人瑟瑟发抖，我是谁？"

大伙都哈哈大笑起来："朗姆酒，朗姆酒！"

"我个头很小，却能照亮整个棚屋，我是谁？"

"蜡烛，蜡烛！"

"我派月月去找明明，谁会比月月先到？"

"日日，日日！"[1]

我有些害怕。我不太适应这种过分喧闹的场合，这里嘈杂拥挤得让我有点儿恶心。约翰·印第安拉着我的手臂说："别这副表情，不然我的朋友会觉得你故作清高。他们会说，你虽然有着黑皮肤，却戴着白面具……"

我轻吐一口气："根本没那回事。我担心要是有人听到这儿在大吵大闹，跑来一探究竟，那就麻

1　此处原文直译为："我让友人玛提尔德去买面包，为什么面包会比她先到？""椰子（coco），椰子！"法语中友人 copain 一词由 co 和 pain 两个部分组成，pain 意为面包，coco 为椰子。——译者注

烦了。"

他笑道："这有什么关系？那些人不就认为只要他们一转身，我们这些黑鬼就会酩酊大醉、舞蹈嬉戏、胡吃海喝吗？那我们就努力演好自己的角色呗！"

我一点儿没觉得好笑。他也就不再管我，转身一溜烟地跑去跳那支混乱的玛祖卡去了。

舞会的高潮是几个黑奴潜入了在屎尿中煎熬的苏珊娜·恩迪科特的宅邸，带回了一堆已故恩迪科特老爷的衣服。他们穿上这些衣服，学着那些大老爷们装腔作势的浮夸做派。有一个在自己的脖子上系了一条白色手帕，扮作牧师的模样。他假装打开书，翻了几页，用牧师的腔调念出一长串淫言秽语。所有人都笑出了眼泪，约翰·印第安带的头。然后，他跳到一个木桶上，大声说道："我来给你们举行婚礼，蒂图巴和约翰·印第安。要是有谁对这桩婚事有异议，请站出来。"

那个戴打褶马德拉斯头巾的高个查宾女孩向前一步，举手示意："我，我有异议！约翰·印第安和我生了两个孩子，都和他像一个模子印出来的。他答应过会娶我。"

这场人为的闹剧原本会变得很难看，可什么也没发生。在如潮的笑声中，这位临时牧师，笑容满面地宣布："在非洲，我们所有人的家园，男人想要多少女人都行，只要他能搞得定。安心吧，约翰·印第安，和你的两个女人一起好好过日子。"

所有人都开始鼓掌。有个人还把我和那个查宾女子一起往约翰·印第安的怀里推去。他倒是左拥右抱，自在得很。我脸上虽堆着笑，实则怒火焚身。那个查宾女子却很快跳到另一个舞者的怀里去了，还向我甩了句："男人嘛，我的小可爱，就是用来同大家分享的！"

我懒得搭理她，独自走回屋檐下。

狂欢一直持续到凌晨。奇怪的是，还真没有人来命令我们安静一点儿。

两天以后，苏珊娜·恩迪科特把我和约翰·印第安召去谈话。她坐在床上，背靠枕头，脸色蜡黄

宛如尿液，脸庞消瘦，但是面色平静。窗户开着，
探访之人残留的气味和大海清新的气息吹散了她身
上蒸腾的浊气。我们面对面站着，双目对视，我又
不争气地避开了她的目光。她一字一顿地说："蒂
图巴，我知道是你施法将我变成现在这副模样。你
足够狡猾，能够骗过福克斯那样的书呆子。但是我，
你可骗不了我。我叫你来就是想和你说，你这次是
赢了，赢就赢了吧！不过，你还是属于我的，我总
有一天会讨回这笔债！我会让你好看！"

约翰·印第安嘟囔起来，但是她压根儿没理
他。她转身朝向板壁，结束了这次谈话。

午时刚过，一个男人来了，那是个我从来没
在布里奇顿见过的人，老实说，在哪儿都没见过这
号人！他人高马大，从头到脚一身黑，白得瘆人。
当他准备上楼的时候，眼光落在了我的身上，我当
时正身处半明半暗之处，拿着扫帚和水桶，在他的
注视下差点儿没站稳。我已经描述过好几次苏珊
娜·恩迪科特的眼神。比起这个人的眼神，那可差
远了！试想一下，被一双暗绿冰冷、诡谲狡诈的眸

子上下打量是件多么可怕的事！这就好像面对的是一条蛇或是某种可怕恶毒的爬行动物。那一瞬间，我非常笃定，人们不厌其烦谈论的魔鬼肯定就是这么让人迷失堕落的。

他开口了，声音和眼神一样冰冷和蛊惑人心："黑鬼，你为什么这样盯着我？"

我落荒而逃。

待到终于能够动弹了，我立马跑去找约翰·印第安，他正哼着首比吉那舞曲在屋檐下磨刀。我紧紧抱着他，哆嗦道："约翰·印第安，我刚碰到撒旦了！"

他耸了耸肩："哟！你现在这口吻倒真像个基督徒。"

发现我真的在害怕，他一把搂住我，温柔地说道："撒旦可不怎么喜欢白天，你不会看见他在日光下行走。他喜爱在夜间出没……"

接下来的几个小时，我一直提心吊胆。

生平第一次，我厌恶自己的无能。我的技术还远没有学到家。曼雅娅过早地离开了人间，还没来得及教我第三阶段，也就是最高级、最精妙的知识。

尽管我有通灵之力，能借助灵界之力改变现状，可我却不知如何预测未来。对我来说，那一圈圈的星宿被茂密的树丛遮得严严实实，枝干缠绕，密不透风，一丝光亮也照不进来。

我知道，劫难将至，却难以言表。我也知道，无论是我的母亲阿贝娜或是曼雅娅都不能介入此事，泄露天机。

当天晚上，刮了一场飓风。

我听见它从远方袭来，威力无比，气势惊人。花园里的吉贝树一直负隅顽抗，直到深夜方才缴械投降，顶端的枝干折载落地，哗啦作响。而那些香蕉树则早就丢盔弃甲，躺平避祸。到了早上，到处都是一幅惨遭蹂躏的凄凉景象。

这天灾让苏珊娜·恩迪科特之前的威胁更加具有威慑力。我是不是应该试着收回法术？可治好一个如此固执难缠的老女人是不是过于草率？

当我还在思考下一步该如何行动时，贝

齐·英格索尔来了。女主人有请。

心烦意乱的我来到了那个泼妇面前。她那发白唇边扬起的笑容中满是恶意。她的报复开始了："我就快死了……"

约翰·印第安自觉这刻应该放声大哭，但她却丝毫不为所动："在这种情况下，做主人的理应考虑他的子女和奴隶们的前途，他们是上帝指派给他的任务。我没有子女福。但是你们，我的奴隶，我给你们找了一个新的主人。"

约翰·印第安不敢置信地说道："新的主子，主人？"

"是的，这位上帝的仆人将会拯救你们的灵魂。他叫作塞缪尔·帕里斯，是个牧师。他本想在这里经商，但是却没能成功。所以他即将动身前往波士顿。"

"波士顿，主人？"

"是的，波士顿在美洲的殖民地那儿。你们准备一下，跟他走吧。"

约翰·印第安惊惧异常。他打小就是苏珊

娜·恩迪科特的奴隶。她教他念经写字。他一直认为，迟早有一天，她会放他自由。可没想到，她一开口就直截了当地宣布把他卖了。老天爷，卖给了一个什么样的人？一个准备去美洲淘金的陌生人……美洲？谁去过美洲？

而我，我对苏珊娜·恩迪科特所打的算盘心知肚明。她针对的是我，我才是她的目标。她要流放到美洲的人是我！她要让我背井离乡，拆散我和爱我的人，他们的陪伴对我必不可少。她知道我本可以反抗。她也知道我能使出什么招式。是的，我本可以说："不，苏珊娜·恩迪科特！我是约翰·印第安的伴侣，但是您却没有花钱买我。我可不是您的椅子、柜子、床或被子，您手上并没有我的卖身契。所以，您没有权力将我卖给别人，那位波士顿的绅士也无权侵占我的财产。"

是的，我本可以这么说。可是如果我这么说了，我就不得不和约翰·印第安分开。苏珊娜·恩迪科特真是心黑手狠，我们两个到底谁更可怕？毕竟，人人都会生老病死，我只不过是推波助澜了一把。而她，她到底想把我怎么样？

约翰·印第安还不死心，跪在床边围着她苦苦恳求。白费力气。苏珊娜·恩迪科特纹丝不动地端坐在华盖下，四周的床幔正好构成一个带有天鹅绒折痕的画框。

心如死灰的我们只得悻悻下楼。

厨房里，牧师正站在煮着蔬菜汤的壁炉前同一个男人讲话。听到我们的脚步声，那男人转过身来，在令人胆寒的寂静中，我认出这就是昨天那个吓得我魂不附体的男人。我知道大难临头了，他用冷漠如冰、锐利如刀、平淡却透着致命威胁的语调说出的话也印证了我的预感："该下地狱的罪人，还不给我跪下！我是你们的新主人！我叫塞缪尔·帕里斯。明天，太阳睁眼的那一刻，我们就动身前往'赐福'号。我的夫人，我的女儿贝齐和阿比盖尔，我夫人的外甥女，那个父母双亡后就寄居我家的可怜孤女，已经在船上了。"

Chapter *5* 第五章

新主人让我跪在帆船的甲板上，与绳索、酒桶和狡诈的水手为伍，然后往我的额头上浇了一点儿冰水。接着，他命令我站起来，把我带到了船的后翼，约翰·印第安在那里。他命令我们肩并肩跪下，然后走了过来，他的影子挡住了阳光，笼罩着我们。

"约翰和蒂图巴·印第安，我现在宣布你们正式成婚，愿你们从此携手并进，婚姻和睦，直至死亡将你们分开。"

约翰·印第安呢喃道:"阿门！"

而我，我什么都说不出来。我牙关紧闭，如闭嘴的蚌壳。天气闷热潮湿，我却冷得发颤。一阵阵的冷汗流进我的肩胛骨，好似得了疟疾、霍乱或是伤寒。我压根儿不敢直视塞缪尔·帕里斯，他给我造成了极大的心理阴影。我们的四周围绕着浩瀚明亮的蔚蓝大海和连绵不绝的深碧海岸线。

Chapter *6* 第 六 章

　　我很快发现，有人和我一样害怕和厌恶塞缪尔·帕里斯。那个人就是他的妻子伊丽莎白。

　　这位年轻女子的美有些不同寻常。她那一头秀美的金发大多都被那顶呆板的修女帽给遮住了，但帽檐边漏出的一圈却让她仿佛顶着一个金色的光环。船舱里温度适中，也没什么风，但她依旧用披风和毯子将自己裹得严严实实。她朝着我笑了一下，用奥蒙德河水一般清冽的声音说道："是你吗，蒂图巴？唉，背井离乡、骨肉分离是多么残酷的事情啊！远离自己的父亲、母亲和同胞……"

我讶异于她的同理心，轻柔地说道："好在，我还有约翰。"

她秀气的脸上露出厌恶之色："你竟相信丈夫会是愉悦的伴侣，他的触摸难道不会让你脊背发凉？看来，你的运气还不错！"

她收住了话头，仿佛说了什么不该说的话。我问道："女主人，您好像不大舒服，是生病了吗？"

她露出一丝苦笑："已经请了不下二十个医生看过，都说不出个所以然来。我只知道，活着就是受罪！连站着都会头晕目眩，像怀了孕一样。好在上帝只给了我一个孩子！时常还会腹痛如绞。经期更是如同刑期，双脚凉得就像两个冰块。"

叹了口气后，她往那窄小的床上一躺，将羊毛毯一直拉到自己的脖子下。我朝着她走了几步。她做了个手势，让我坐到她的身边，接着喃喃说道："你长得真美，蒂图巴！"

"美？"

我不可置信地说出这个词。毕竟苏珊娜·恩

迪科特和塞缪尔·帕里斯的评价都让我坚信自己长得丑陋不堪。这时心结被打开，我激动不已，主动地说道："主人，让我来帮您吧！"

她笑了笑，握住我的手说："那么多人都试过了，总不见效。不过，你的手真软，花瓣一般。"

我开了个玩笑："您还见过黑色的花？"

她想了一会儿，认真地说道："那倒没有。可要是有的话，肯定和你的手一样。"

我将手放在她的额头上，一片冰凉却满头汗水。她到底得的是什么病？我猜大概和心灵与躯体的冲突有关，人类的痛苦大多来源于此。

这时，门猛地被推开，塞缪尔·帕里斯走了进来。那一刻，我都搞不清到底是帕里斯夫人还是我更慌乱、更害怕。塞缪尔·帕里斯的声调依旧平静无波，苍白的脸上毫无人色。他只是说了句："伊丽莎白，你是疯了吗？竟然让一个黑鬼坐在你身边？出去，蒂图巴，快点儿！"

我立马听令。

甲板上的冷风吹在我的身上，仿佛在责备我。

我竟然允许这个男人像对待牲口一样对我，还不发一言！当我正要反悔，返回船舱之时，却和两个小女孩六目相对了。她们穿着滑稽的黑长袍，上面系着白围裙，头发全部一丝不苟地包进修女帽里，一根也没有跑出来。我从没有见过打扮得如此怪模怪样的孩子。其中一个和我刚离开的那个可怜女人长得一模一样。她问我："你是蒂图巴？"

我听出了她母亲的柔和音调。

另一个女孩比她大两三岁，用一种让人芒刺在背的傲慢眼神盯着我。

我柔声问道："你们是帕里斯家的孩子吗？"

年纪较长的女孩答道："她是贝齐·帕里斯；我是阿比盖尔·威廉姆斯，牧师的外甥女。"

我没有童年。目睹母亲遭受绞刑所造成的阴影让原本应当无忧无虑、嬉戏游玩的时光黯淡无光。虽然她们肯定没有遭受过这种经历，但是我却严重怀疑贝齐·帕里斯和阿比盖尔·威廉姆斯的童年也同样被剥夺了，永远失去了这笔轻松愉悦的财富。我猜从没有人给她们唱过摇篮曲，讲过那些充满奇幻冒险、宣扬真善美的浪漫故事。我的心中不由得生起一股深切的同情。尤其对小贝齐，她是那么天真可爱、毫无戒心。我对她说道："来，我带你去休息。你看起来累坏了。"

另一个女孩，阿比盖尔，激烈反对："您是在说笑吧？她都还没有做祷告。您是想害她挨我姨父的打吗？"

我耸耸肩，径直去了。

约翰·印第安在船尾，坐在一群令人尊敬的水手中间，和他们讲着我并不听的废话。他真是一个神奇的人。当我们深爱的巴巴多斯的轮廓逐渐在晨雾中消失时，他哭得要死要活，现在却好像没事人一般。他经常替这些水手忙前忙后，弄了几个钱，换得和他们赌钱和喝酒的机会。这时，他正在教这群人唱一首流传于奴隶之间的老歌，他的音色很准：

穆盖，啊，穆盖：

那儿的公鸡都在咕叽呦嗨……

唉！我肉身所向的男人可真是浅薄粗鄙！但他若和我一样忧郁阴沉，我恐怕也不会爱上他。

他一看到我，便忙丢下他的一众学生朝我走来，搞得满堂哗然。他拉住我的手臂，轻声说道："我们的新主人真是个怪人！一个打算回到原点东山再起的失败商人……"

我打断了他："我没心情听这些流言蜚语。"

我们在甲板上走了一圈，最终躲到了一捆准备运往波士顿的甘蔗堆后面。明月东升。这腼腆的星体倒也能和太阳争辉。正当我和约翰·印第安紧紧相拥，用双手探索对方身体的时候，一阵沉重的脚步声由远及近，甲板和甘蔗堆都被震得颤抖起来。来人是塞缪尔·帕里斯。一看到我们的姿势，他苍白的脸上竟气出一丝血色，恶言恶语随即响起："虽然你们的肤色注定了你们要下地狱，但在我的屋檐下，你们还是要按基督徒的准则行事！赶紧过来祈祷！"

我们只得听令。

帕里斯夫人和两个女孩，阿比盖尔和贝齐，

早已经在一个船舱里跪着了。男主人独自站着，抬眼望向天花板，开始鬼叫。我压根儿没听清他在念什么，除了几个出现频率极高的词：罪、恶、魔鬼、撒旦、恶魔……最难熬的便是告解的时候，每个人都要大声说出自己一天之中所犯的错误。我听到那两个可怜的孩子结结巴巴地说："约翰·印第安在甲板上跳舞的时候，我去看了。""我脱下了帽子，让头发晒到了太阳。"

约翰·印第安还是老样子，靠着插科打诨全身而退。男主人也拿他没辙，只说道："上帝原谅你了，约翰·印第安！去吧，不要再犯错！"

当轮到我的时候，我猛地一阵火起，或许这是对塞缪尔·帕里斯心怀恐惧的另一种表现，我生硬地说道："我为什么要告解？我脑中之思和心中所想与他人何干？"

他反手就给了我一巴掌。

他的手，干燥而锋利，打在我的嘴上，立刻皮开肉绽。见我流血了，帕里斯夫人鼓起勇气站了起来，怒道："塞缪尔，你没有权……"

他也给了她一巴掌。她也流血了。鲜血坚固了我们的同盟。有时候，干旱贫瘠的土地上也能开出色彩艳丽的花朵，芬芳扑鼻，点亮四周。我只能用这拙劣的比喻来描述我和帕里斯夫人及小贝齐之间迅速缔结的友谊。我们团结一心，发明了无数的法子避开那个魔鬼——尊敬的帕里斯先生。我帮她们打理头发。她们那头金色长发一摆脱发髻和辫子的桎梏便可及地。我还为她们涂上曼雅娅牌香油。她们那病态苍白的皮肤在我的手中逐渐焕发出健康的金色。

一天，给帕里斯夫人按摩时，我大胆地问了她一句："您那位古板的丈夫对您身体的变化怎么说？"

她放声大笑起来："我亲爱的蒂图巴，你觉得他能发现这个？"

我抬眼望天："我自然认为他是发现这点的最佳人选啊。"

她笑得更为大声："要知道，每次他要我的时候，连衣服都舍不得给我脱，他自己也不脱。总是急匆匆地完成这令人厌恶的行为了事。"

我反驳道："让人厌恶？在我来看，这是世界上最美妙的事情。"

她推开了我的手。可我继续说道："这难道不是延续生命所必需的行为？"

她的眼中布满恐惧："闭嘴，闭嘴！这是撒旦留在我们身上的印记。"

看她如此手足无措，我便没有继续。一般来说，我和帕里斯夫人的对话并不会涉及这些。她和贝齐一样，爱听志怪故事：蜘蛛阿南希、夜行魔使、素库南吸血怪、骑着三腿马四处晃荡的兽人伊贝。当我在讲故事的时候，她也和自己的女儿一样听得津津有味，杏眼中闪着幸福的星光。她还会问我："真有这样的事情吗，蒂图巴？人真的可以摆脱自己的皮囊，通过灵体远行万里？"

我点点头："是的，可以的。"

她继续问道："或许他们需要一把扫帚才能飞行？"

我哈哈大笑道："这是哪里冒出的想法？扫帚

能干吗？"

她依旧迷惑不解。

我并不喜欢小阿比盖尔跑来打扰我和贝齐单独相处的时光。这个孩子身上有种让我极为不适的东西。她听我说话和看着我时所流露的神情都似乎在说我是一个既可怕却又令人着迷的物件！她习惯以一种命令式的口吻刨根问底："夜行魔使在变身时，要念什么咒语？""素库南吸血怪是怎么吸血的？"

我总是语焉不详地糊弄过去。事实上，我非常担心她会将这些告诉她的姨父塞缪尔·帕里斯，那样一来，这些妖魔鬼怪给我们带来的些许快乐就将不复存在。不过，她什么也没说。她的嘴很严。她也从未在晚祷的时候向帕里斯影射那些在他眼中不可饶恕的罪人。她只会说："我故意留在甲板上，让浪花溅到我的身上。""我把半碗燕麦糊倒进了海里。"

然后，帕里斯便会赦免她的罪行："去吧，阿比盖尔·威廉姆斯，不要再犯错！"

慢慢地，为了贝齐，我接纳她进入了我们的圈子。

一天早上，我正给帕里斯夫人斟茶，茶比燕麦糊更适合她的肠胃，她轻声细语地说道："别把这些故事讲给孩子们听了，这会让她们想入非非，这可不是什么好事！"

我耸耸肩："做点儿梦有什么不好？不比现实强多了？"

她没有作声。沉默良久之后，她又说道："蒂图巴，你不觉得身为女人是一种诅咒吗？"

我有点儿生气："帕里斯太太，您怎么只想到了诅咒！有什么比得上女性的身体？男人对它的渴望更是让其无与伦比……"

她喊道："闭嘴！闭嘴！"

这是我们之间唯一的一次争执。说实话，我并不太理解原因。

某天早上，我们抵达了波士顿。

虽然说是早上，可天色却很晦暗。天空似乎

被一层灰色的帷幕笼罩，将船舶的桅杆、岸上堆积的货物和仓库的巨大剪影尽收其中。寒风呼啸，身着棉衫的我和约翰·印第安都冻得直打哆嗦。尽管身着披肩，帕里斯太太和孩子们也冷得直发颤。只有男主人依旧抬着他那高昂的头颅，戴着黑色宽边帽，宛如灰暗乌蒙光影中的幽灵。我们走下码头，约翰·印第安被沉重的行李压弯了腰。塞缪尔·帕里斯这次倒是纡尊降贵地让他的妻子挽住他的手臂。我则一手牵着一个孩子。

我从未想到会有波士顿这样的城市，高楼大厦，人头攒动，车水马龙。我看到了很多和我一样肤色的面庞，在这里，非洲子民依旧要向不幸纳贡。

塞缪尔·帕里斯应该对此地了如指掌，一路都没有向任何人问过。在大家都衣衫尽湿的时候，我们终于来到了一幢平层木屋前，房子正面以浅色木梁组成的绠带纹为饰。塞缪尔·帕里斯松开了妻子的手，仿佛到了世界上最为舒适的住所："就是这儿！"

屋子里弥漫着潮湿尘封的味道。听见我们的

脚步声，两只老鼠落荒而逃，一只原本在炉灰中打盹的黑猫也懒洋洋地直起身子，蹿到旁边的房间去了。我很难描述这只倒霉的黑猫给孩子们、伊丽莎白还有塞缪尔·帕里斯所带来的恐惧。后者慌忙跑去拿他的经书，口中不停地念诵经文。待他稍微冷静了一点儿，便起身发号施令："蒂图巴，赶紧打扫房间，把床铺好。约翰·印第安，你和我一起去买点儿柴火。"

约翰·印第安又用那种我极端厌恶的语气说道："主人，出门？在这种风雨交加的天气？您难道想浪费钱给我买棺木？"

塞缪尔·帕里斯一言不发地解下身上那件宽大的黑色披风，往他身上一扔。

两个男人甫一出门，阿比盖尔便迫不及待地问道："姨妈，那是魔鬼，是吗？"

伊丽莎白·帕里斯的脸立马变色："住嘴！"

我好奇地问了句："你们在说什么？"

"那只猫！那只黑猫！"

"这有什么好紧张的？不过就是一只猫，我们的到来把它吓到了而已。你怎么会想到魔鬼那儿去？只要我们不去招惹它们，周围那些无形之物并不会来找我们的麻烦。你这个年纪就更不可能惹到它们了，没什么可怕的！"

阿比盖尔低声道："你这个骗子！可怜无知的黑鬼！魔鬼无处不在。我们都是它的猎物。我们都要下地狱了，是吧，姨妈？"

当我察觉到这对话对帕里斯夫人，尤其是对可怜的小贝齐所产生的影响后，我立即终止了话题。

兴许是因为这场对话，兴许是因为约翰·印第安在房屋中生的火也无法驱散的严寒，这天晚上，帕里斯太太的病情急剧恶化。夜半时分，塞缪尔·帕里斯将我叫醒："我觉得她快不行了。"

他的声音毫无感情，语调依旧毫无涟漪！

我那可怜、温柔的伊丽莎白会死？将年幼的孩子留给她那妖怪一般的丈夫独自抚养？我那可怜迷失的羔羊，在尚未了解死亡只是一道可以被内行之人所打开的门之前就死去？我急着下床去救她。可塞缪尔·帕里斯制止了我："把衣服穿上！"

这个可怜的男人，妻子都病得快死了，却依然只想着体面二字！

在此之前，我并没有动用超凡之力来治疗伊丽莎白·帕里斯。我只是给她保暖，逼她喝烫嘴的饮品，唯一算得上出格的就是在她喝的茶中加点儿朗姆酒。可这天晚上，我决定要动用我的法力。

但我手边缺少施法的道具。既没有迎接无形之人的栖息之树，也没有烹饪他们钟爱饮食的调料，更没有治疗所需的植物和根茎。

在这个举目无亲、冷冽严寒的国度，我该怎么办？

只能"李代桃僵"了。

我将一棵正在变红的枫树当作吉贝树，用冬青那光泽锐利的叶子代替大黍，用一些无味的黄色花朵代替撒拉佩忒斯这株在半山腰上生长、治疗病痛的万灵药。其余的就只能依靠祈祷了。

到了早上，伊丽莎白·帕里斯夫人的脸上开始有了血色，她要喝水。快到晌午之时，她就可以进食了。夜幕低垂的时候，她已能安然入睡，如同婴孩。

三天以后，她向我报以微笑，那微弱的笑容宛如穿透天窗的暖阳。

"谢谢你，蒂图巴，你救了我的命！"

　　我们在波士顿待了一年，因为塞缪尔·帕里斯一直等着他的那些清教徒教友为他组建个教区。可是，没几个人提出这样的诉求。在我看来，这应该归咎于帕里斯的性格。那些教友虽然也相当狂热阴暗，却都比不上他。加上他那高大含威的外形、时刻说教的毛病，也确实让人难生亲近之心。他在巴巴多斯跨界经商赚的那点儿身家很快就见底了，我们的生活变得捉襟见肘，时常整整一天都只能以土豆干充饥。由于没钱买柴取暖，我们总是冻得瑟瑟发抖。

在这种情况下，约翰·印第安跑去一个名叫黑马的酒馆中找了份工。他负责往那些巨大的壁炉中加火添柴供顾客们取暖，再就是扫地和倒垃圾。他经常干到天亮才能回到我身边。尽管浑身散发着白兰地或黑啤的臭气，他倒是总能从衣兜里掏出不少食物，然后用拖沓缓慢、带着困意的声音说道："我的女王，你要看到离我们这位塞缪尔·帕里斯这样的教会检察官几步之遥的波士顿是什么样的，肯定不会相信自己的眼睛和耳朵。那些妓女，水手，单耳戴环的人，戴着三角帽、满头油腻的船长，还有熟读圣经的绅士和他们的妻子儿女，人人喝得酩酊大醉，赌咒骂人，男盗女娼。啊！蒂图巴，你不知道白人的世界是多么虚伪。"

直到我将他安置到床上，他还在喋喋不休。

得益于他的性格，他很快便朋友遍地，带回

很多信息。他告诉我，奴隶贸易在加剧，现在从非洲被带来的人都数以千计。他还说，黑人不是唯一被白人奴役的种族，美洲和我们亲爱的巴巴多斯岛上的原住民印第安人也未能逃脱魔掌。

我又是震惊又是愤怒地听他说着："黑马那儿有两个打工的印第安人，你真应该看看人们是怎么对待他们的。他们还告诉我白人是怎么从他们手上夺走土地牛羊，怎么让那令人迅速走向坟墓的'烈火之水'[1]在人群间流行的。唉！这些白人！"

我尝试着理解这些让我迷惑不解的事情："也许是因为他们对自己的同类做了太多这类事情，无论是黑皮肤的还是红皮肤的，所以他们才总觉得自己会下地狱？"

约翰没法回答我这个问题，这类问题应该不会掠过他的脑海。在我们这些人中，他也许是最有福的一个。

塞缪尔·帕里斯自然是不会和我交流思想的，

1　酒。——译者注

但是只消看着他那天天拿着那本令人生畏的大书不停祈祷的困兽模样，也就不难猜出他的情况。他的存在就像苦涩的毒药。那私下的互通款曲，几分钟的故事会和低声吟唱都没有了！取而代之的是他给贝齐上的启蒙课，课上用的则是下面这种"非同凡响的"课本：

A——亚当（Adam）的堕落牵扯了所有人。

B——唯有圣经（Bible）能够拯救。

C——猫（Chat）在玩，在剥皮之后……

诸如此类！可怜的贝齐，她天生脆弱敏感，看到这种文字自是面色煞白、浑身战栗。

到了四月中旬，天气逐渐晴朗之后，他才会固定在午饭后短暂地出门散步。我便会趁机将孩子们带到屋子后面的小花园里放风。我们一起游戏、一起跳舞！我会拿掉她们头上那滑稽老气的帽子，解开她们身上的腰带，让血液能够循环，健康有益的汗水流淌她们的全身。站在门廊上的伊丽莎白·帕里斯对我的行为并没有表示全力支持："小心点儿，蒂图巴！别让她们跳舞！别让她们跳舞！"

可不到一会儿，她便推翻了自己的观点，随着我们的舞步激动地打起了拍子。

我被允许带着孩子们去长码头看海和船。在这一望无垠大海的那边，便是巴巴多斯。

爱国之情甚为难解！如血如肤，随身而附。只须离开故土，我们心中自会产生一股无法消除的深切痛楚。我仿佛又看到了达内尔·戴维斯的种植园、他那位于山顶的雕梁画栋、充斥着苦难却依旧生气勃勃的黑人居住区、腹胀如鼓的孩童、未老先衰的女人、残肢断臂的男人，这片失乐园在失落之后变得如此珍贵，让我不禁潸然泪下。

至于孩子，她们正在脏兮兮的水洼里开心地玩耍，完全没有在意我的情绪。她们相互推搡着，时不时还被绳子绊倒在地。我完全无法想象塞缪尔·帕里斯看到这一幕的表情。她们这日复一日、年复一年被压抑的活力终于爆发，仿佛人们那么害怕的魔鬼终于占据了她们的身体。阿比盖尔是玩得最疯的那个，我再一次讶异于她那掩饰的天赋。回到家后，她立刻就能变回那副她姨父喜欢的沉默寡言、严肃死板的完美模样。她还能继续跟着他背诵他们那本圣书中的文字？她难道不会在不经意间表现出保留和内疚？

一天下午，从长码头回家的途中我们看到了让我至今无法释怀的惨烈一幕。刚走出前街，我们便看到位于监狱、法庭和会议大厦之间的广场上乌压压地堆满了人。人们正准备执刑。人群紧紧围在为绞架搭建的行刑台四周，绞架旁边站着几个阴森恐怖、戴着宽边帽的男人。待我们走近，才发现准备受刑的是个女人。一个年迈的女人，孤身直立，脖子上套着一圈绳索。突然，其中的一个男人猛地踢开她脚下的木桩。她的身子像弓一样扭曲。一阵令人胆寒的叫声响起，随即她的头歪向了一边。

看到此情此景，站在兴奋、好奇，甚至可以算得上欢乐的人群中的我尖叫出声，跪倒在地。

我仿佛又被迫看了一次母亲的死刑！不，那

不是一个年迈女人在空中摇晃！那是花样年华、体态曼妙的阿贝娜！是的，是她！而我又成了那个垂髫稚童。我的人生将从那一刻重新开始。

我继续喊着，越喊，越停不下来。我的痛苦，我的反抗，对自己无能为力的愤怒。这个将我变成奴隶、孤儿、贱民的世界是个什么样的世界？这个将我和自己同胞分离的世界是个什么样的世界？是谁逼得我不得不待在这个粗鄙可恶的国度，和一群言语不通、信仰不同的人住在一起？

贝齐马上跑到我的身边，用她纤细的胳膊抱住我，安慰道："别喊了！别喊了，蒂图巴！"

本来在人群中问东问西、四处打听的阿比盖尔也回来了，冷冷地说："你快别喊了！她是个女巫，被绞死是罪有应得。她给一个好人家的孩子下了咒。"

我勉力起身，分辨出回家的路。整个城市都在讨论这件事。看过的人向没看过的人绘声绘色地说这个来自格洛弗的女人临死前是如何像土狗吠月一般号叫的，死的时候，她的灵魂如何变成蝙蝠逃逸，一团令人作呕的东西如何顺着她的双腿滑下，这也是她品行卑劣的证明。这些我都没看见，我仅仅旁观了一场极为野蛮的行径。

这件事情发生之后不久，我就发现自己怀孕了。我决定不要这个孩子。

我这悲惨的生活中，除了能偷偷地吻吻贝齐和与帕里斯夫人私下交流，就只有和约翰·印第安在一起的时光是幸福的。

哪怕满身泥泞、冷得发抖、累得要死，我的男人每晚还是会和我做爱。由于住在与帕里斯夫妇卧房毗邻的小房间里，我们两个必须克制自己不发出一丝一毫能引人遐思的呻吟喘息。矛盾的是，这种非常规的交合反倒更有滋味。

对于一个奴隶来说，怀孕可不是什么好事。这意味着要将一个天真无辜的生命放逐到奴役和卑劣的世界中去，从此不得超生。在我的童年，我经常看到奴隶们如何杀死自己的新生儿，或用一根刺穿过他们尚未成型的大脑，或用沾有毒液的刀片切断他们的脐带，或趁着夜色将他们扔到恶灵出没之所。在我的童年，我经常听到奴隶们交流堕胎或灌洗的药方，和那能让子宫永失功能、成为猩红裹尸布的药剂。

要是在巴巴多斯，我对那里的植物了如指掌，摆脱这样一个令人烦恼的胎儿丝毫不是什么问题。可是在波士顿这个地方，该怎么办？

在离波士顿半英里之遥的地方，有一座茂密的森林。我决定去探寻一下。一天下午，我撇下了正在读那本可怕启蒙课本的贝齐和坐在帕里斯太太身边、手里忙着做绒绣却心不在焉的阿比盖尔，顺利溜出了屋子。

离开那栋房子，我才惊讶地发现，这样的气候里竟也有恩赐。长期光秃如纺锤的树木开始发芽。布满鲜花的草地一望无垠，如同平静无波的海洋。

正当我准备进入森林之时，一个骑在马上的黑色僵硬身影朝我喊了声，他的脸被帽影遮住："嘿，黑女！你不怕印第安人吗？"

印第安人？我对这些"野蛮人"的恐惧远远

比不上对那些生活在我周围、将老者吊死在树上的文明人。

当我正俯身去闻一棵散发香味的灌木时，那味道十分像具有多种功效的柠檬草，突然听到有人在喊我的名字："蒂图巴！"

我吓了一跳。是一个脸若圆饼、令人心生好感的老妪。我惊讶地问道："你怎么会知道我的名字？"

她露出一丝神秘的笑容："我看着你出生呢！"

我越发惊奇："你也是从巴巴多斯来的？"

她的笑容更深了："我从没离开过波士顿。我和最早一批清教徒一起来到这里，然后就再也没有离开过。好啦，闲话少说！要是你再耽搁下去，塞缪尔·帕里斯就会发现你出门了，有你好受的！"

我站着没动："我不认识你，你想要什么？"

她疾步向森林深处走去，看着我依旧没动，便转过身朝我说了句："别犯傻，我是曼雅娅的朋友，我叫朱达·怀特。"

老朱达教我认树识草，并告诉我每种植物的特性。我凭记忆记下了几个她传授的秘方：

想要除疣，可以用癞蛤蟆涂抹患处，直到癞蛤蟆的皮将其完全吸收。

冬季来临之时，要想抵抗寒邪入体，可以用毒芹煮水饮下。（注意，毒芹汁有毒，还有其他用途。）

想要防治关节炎，可在左手的无名指上戴上生土豆做的指环。

将白菜叶捣泥可以收敛所有的伤口，生萝卜泥则能治疗水泡。

遇到急性支气管炎时，可用黑猫的皮盖在患者前胸。

牙疼的时候可以咀嚼烟草叶来缓解，耳疼也适用。

治疗腹泻：以桑葚煮水，每日服用三次。

　　回到波士顿的时候，学到的东西让我振奋了不少。那些之前被我忽视的动物中竟有那么多的伙伴：黑猫、猫头鹰、瓢虫和乌鸦都是。

　　朱达的话语在我的脑中回响："没有我们，世界会变成什么样？嗯？会变成什么样？人们恨我们，我们却给予他们帮助，没有这些，他们的生活会多么悲惨、狭小。多亏了我们，他们才能改变现在，偶尔，还能窥探未来。多亏了我们，他们才有希望。蒂图巴，我们就是土地里的盐。"

　　这天晚上，一股黑血将孩子带出了我的子宫。我看着他挥舞着手臂如同抖动的蝌蚪，泪如雨下。我没告诉约翰·印第安实情，以为自己又经历了一次命运考验的他也哭了。当然，那时，他刚与常去黑马饮酒作乐的水手们对饮了一夜，已经半醉。

　　"我的女王！我们年迈之时的拐棍已折！当我们在这个没有夏天的国度待到脊背弯曲之时，还能依靠谁呢？"

　　我一直陷于丧子之痛。我知道自己这么做是对的。但是那张我再也不可能看清轮廓的小脸却始终缠着我。我甚至鬼使神差地认为，那天那个格洛弗女人在走向死亡的长廊时发出的叫喊源自我儿的肺腑，他们是被同一个社会、同一批审判者处决的。贝齐和伊丽莎白·帕里斯察觉了我的异常，对我倍加关怀。这要放在以前，一定会引起塞缪尔·帕里斯的注意。可他已自顾不暇，情绪也越发阴暗。这个家庭现在唯一的收入来源就是约翰·印第安在黑马烧炉所得。我们已经食不果腹。孩子们的脸庞迅速消瘦下去，身形在衣物内晃动。

夏天到了。

阳光点亮了波士顿的蓝墙灰瓦，延长了树叶在枝头停留的时间，在大海中撒下红光闪耀的火针。在苦痛中挣扎的我们再次感受到了血液的脉动。

几个星期以前，塞缪尔·帕里斯阴沉地宣布，他接受了一个教区的邀请，我们将前往离波士顿二十多公里的塞勒姆镇。约翰·印第安和往常一样，早就摸清了事情的来龙去脉。他告诉我，塞缪尔·帕里斯之所以看起来这么兴致索然，是因为塞勒姆镇在海湾殖民地中声名狼藉。前后共有两任牧师，詹姆斯·贝利和乔治·伯勒斯，因为该地区教民拒绝为他们提供生活供给的敌对态度而离任。要知道，牧师一年的供奉只有少得可怜的六十六英镑，还不包含柴火费，森林里的冬天可严酷异常。不仅如此，塞勒姆周围还住着一群凶狠野蛮的印第安人，随时准备剥去那些胆敢靠近他们之人的头皮。

"我们的主人其实并没有完成他的学业……"

"学业？"

"是的，他并没有修完成为牧师所需的神学课。可他倒是指望人们像对待英克里斯·马塞[1]或是约翰·戈登[2]一样待他。"

"他们是谁？"

这个问题让约翰有点儿发窘："我也不知道，我的小美人！我只是听人们提过这两个名字。"

1　英克里斯·马塞（1639—1723），牧师、作家和教育家，曾在新英格兰议会中拥有很大影响力。——译者注
2　约翰·戈登（1585—1652），曾为新英格兰清教徒的领袖。——译者注

我们又在波士顿逗留了好几周。这段时间让我得以将朱达·怀特的指导整理成一份备忘录：

在搬进一座房屋之时或搬进去不久之后，需要在每个房间的四个角上都挂上槲寄生的树枝和墨角兰的叶子。从西往东打扫房间的灰尘，将其焚烧之后再倒出屋外。最后用左手将新鲜的尿液洒满地面。

在日落之时，将大麻的叶子混着粗盐一起焚烧。

最关键的一点，一定要整理花园，种上所需的药草。如果没有花园，就用箱子集土种植。不要忘记，每天醒来的时候都要向里面吐四次唾沫。

我必须承认，很多时候，对我来说，这些指导显得很无谓。在安的列斯群岛，我们的法术更为庄重得体，而且更多地依赖于自身而非外物。不过，曼雅娅曾谆谆教导过我："当你进入残人之乡，便要学会匍匐前行。"

吾儿悼亡歌：

> 月石陨落，
> 沉没河中，
> 俯身打捞，
> 徒劳无功，
> 可怜之人，
> 徘徊踟蹰。

月石陨落，
孤坐河边，
悲叹垂泪。
萤石皎皎，
闪耀河床。
行猎之人，
带箭夜行。
途经此处，
出声问询。

丽人何悲？
吾宝陈塘。
何须悲叹，
吾解汝忧。
游侠潜水，
不复回归。

　　我将这首歌教给了贝齐，我们时常在两人独处之时和声低吟。她那美妙稚嫩的童声与我的声音相得益彰。

　　一天，我惊讶地听到阿比盖尔也在唱这首歌。我本想责备贝齐，让她不要把我单独教她的东西随意分享给他人。可转念一想，我又放下了这个念头。毕竟，阿比盖尔是她唯一的玩伴。阿比盖尔不也只是个孩子？而孩子是不会害人的。

Chapter *9* 第九章 ———

塞勒姆镇——可不要把它和同名的塞勒姆市搞混了，那在我的印象中是个美丽的城市——被森林一分为二，如同茂密蓬乱头发中的一块秃斑。

塞缪尔·帕里斯租了三匹马和一架拖车，这趟旅行把我们搞得面如土色！好在没有人来迎接我们。那个点，男人们应该都在地里干活，而女人们则去给他们送饭添水去了。路上，塞缪尔·帕里斯给我们指了指教会议事厅的位置，那是个庞大的建筑，大门由几块木梁拼接而成，随后，我们又继续前行。塞勒姆能有多少人？顶多也就两千多一点儿，和波士顿相比，就是个穷乡僻壤。主道上，随处可见牛群慢悠悠地穿行，脖子上的铃铛叮当作响。我讶异地发现，它们的角上都系着红色的布块。从一道篱笆处飘来一阵恶臭，那里面养了六七头猪，都在黑色泥浆中打滚。

我们好不容易才到达派给我们的房子那儿。那房子歪歪斜斜地矗立在一片巨大的花园中，园子里杂草丛生。两棵黑枫树立在房子两侧，如同两支烛台，整个房子散发出一阵令人窒息的敌意。塞缪尔·帕里斯必须搀着他的妻子下马，这个可怜的女人已经被旅程折腾得筋疲力尽。我把我的小贝齐抱下马，阿比盖尔则没等任何人的帮助就跳下马来，直接朝着大门冲去。塞缪尔·帕里斯一把拉住她，怒斥道："别乱跑，阿比盖尔！你是被魔鬼附体了吗？"

我虽然很少同情阿比盖尔，但看到她听到这句话后的受惊模样，我的心还是紧了一下。

房屋的内部和外部感觉一样，阴暗杂乱。不

过，有双殷勤关切的手已将每个房间壁橱的火都点燃，明亮的火焰逐渐温暖、点亮了整个木屋。伊丽莎白·帕里斯问道："这里一共有多少个房间？蒂图巴，去看看哪几间的朝向最好。"

连这样的问话，塞缪尔·帕里斯也能挑出毛病。他用眼神给伊丽莎白施压，将此事作罢："朝向最好的房间难道不是每个人某日都会躺进去的棺材？"

语毕，他双膝下跪，感谢天主让我们顺利横穿从波士顿延伸到此的森林，从充斥其间的野狼和其他凶猛野兽的爪牙下幸存。他那絮絮叨叨的祈祷一直持续到门被推开。那门发出一声呜咽，把我们都吓了一跳。一个一身沉闷清教徒打扮的小个子女人笑容可掬地走了进来。

"我是玛丽·西布莉修女，是我给你们生的火。我还在厨房里留了一块牛肉，一些胡萝卜、白萝卜和一打鸡蛋。"

塞缪尔·帕里斯仅仅略表谢意，便又故态复萌："您一介妇人就是教会的代表？"

　　玛丽·西布莉微微一笑："十诫之四告诫我们要工作和流汗。男人们都在田地里劳作。等他们回来之后，英格索尔执事、托马斯·帕特南教士、沃尔科特队长，还有其他几位便会来拜访您。"

　　听到此处，念及孩子们饥肠辘辘，我便起身去了厨房，准备烹饪那块玛丽·西布莉英明备下的腌牛肉。过了一会儿，她也到厨房来了，盯着我看了会儿："塞缪尔·帕里斯怎么会让两个黑人给他服务？"

　　她语气中的好奇远多于恶意。于是我淡淡答道："难道不应该由他来回答这个问题？"

　　她沉默了一会儿，总结道："他真是个奇怪的牧师。"

　　过了一会儿，她又问道："伊丽莎白·帕里斯的脸色也太苍白了！她得的是什么病？"

　　我答道："没人了解她的痛苦。"

　　"恐怕她不太适合住在这个房子里。"她压低声音说道，"两个女人死在了楼上房间的那张床上。玛丽·贝利，这个教区第一任牧师的妻子，还有朱达·伯勒斯，第二任牧师的妻子。"

我下意识地惊呼出声，因为我知道有多少没能安息的亡者会来骚扰生者。我是不是应该做个净化法术，安抚一下这些可怜的灵魂？幸运的是，围绕这栋房子四周的是个我可以随时出入的大花园。玛丽·西布莉朝我眼神注视的方向看了一眼，用颤抖的声音说道："啊，是猫！塞勒姆哪儿哪儿都有猫！杀之不尽。"

草丛中有一群猫正在相互追逐。它们叫着，伸着顶端皆是利爪的矫健四肢，四脚朝天地躺着。要是在几周前，我可能不会觉得这幅场景有什么超自然的地方。而现在，受过好心的朱达·怀特的教导后，我明白这是这片区域的灵体们在向我问好。这些白皮肤的人真是稚气未脱，竟然会选像猫这样的动物来展示他们的力量。我们这些人则更喜欢另一个领域的动物，比如说蛇这种绝妙的环节爬行生物。

踏入塞勒姆的那一刻，我便知道自己无法在此安居。我预感自己在这里的生活将布满荆棘，前所未闻的苦痛将熬白我的头发。

待到暮色降临，人们从田里归家后，帕里斯家来了一屋子的访客。安妮·帕特南、她的丈夫托马斯——那是个身长足有十英尺的巨人，以及他们的女儿小安妮——这个小姑娘来了之后没几分钟就和阿比盖尔跑到角落去说悄悄话了。到访的还有萨拉·霍尔顿、约翰和伊丽莎白·普罗克特，其他人就不一一赘述了。我感觉，这些人大多是怀着猎奇而非与邻为善的心态来拜访的。他们跑来观察、评判这个新牧师，以便给他在这个村子里定个位。可塞缪尔·帕里斯却什么都没瞧出来，行为举止仍与往常一般无二地惹人侧目！他一个劲地抱怨在他来之前竟没人将柴火备好堆入仓库，房子破破烂烂的，院子也没人打理，里面的草足有半人多高，青蛙都能跳到他的窗台下呱呱叫。

迁居塞勒姆多少也给我们带来了点儿幸福，只不过当时的我并不知道这种幸福会转瞬即逝。这屋子很宽敞，每个人都能有自己的房间。约翰·印第安和我分到了破旧的阁楼，屋顶上交错的木梁已被虫蠹腐化。在这独立的空间中，我们得以重新爱得没有障碍，毫无节制，无须遮掩。

在这无人看管的环境中，我不禁说道："约翰·印第安，我害怕！"

他轻抚着我的肩膀："一个连女人都没有安全感的世界会变成什么样？会倾覆！天空将会坍塌，星辰也会坠落！你为什么害怕？怕什么？"

"害怕未知的明天……"

"睡吧，我的公主！明天将会用新生儿般的微笑迎接我们。"

另一个幸福之处在于，由于工作繁忙，塞缪尔·帕里斯经常外出，顾不着家。我们甚至都很少见到他在家里做晨昏礼拜。就是在家的时候，他的身边也总是围着一群人，忙着讨论一些和宗教毫不相关的话题。

"我那六十六英镑的年薪来自村里居民的供奉，按他们所拥有的土地面积进行分摊。"

"必须给我提供取暖的柴火。"

"税金应该以纸币的形式在安息日缴纳……"

而在他的背后，我们重获生活的权利。

从那时起，我的厨房里总是挤满了一群小姑娘。

我并不喜欢她们所有人，尤其是安妮·帕特南和她那个与她年纪相仿、形影不离的女仆默西·刘易斯。这两个女孩身上有一些东西让我对孩童的纯真产生了质疑。毕竟，孩童似乎也无法完全避免成人的沮丧和焦虑。反正，安妮和默西总能让我想起塞缪尔·帕里斯总在念叨的那套"每个人身上都有恶魔的影子"的说辞。阿比盖尔也一样。我毫不怀疑她具有暴力倾向，也有把日常生活中那些毫不起眼的事件进行发酵的想象力，还对这个世界充满了憎恨。不，这个词一点儿也不重，她真的恨这成人的世界，仿佛无法原谅它埋葬了她的青葱岁月。

我虽然并不喜欢她们中的所有人，却同情她们。这些姑娘个个面色蜡黄，本应茁壮成长的身体被束缚得如同被园丁竭力矮化的树木！相比之下，我们这些可怜奴隶的童年，尽管痛苦不堪，却因为有着游戏、远足和流浪，显得更加灿烂光辉。我们用甘蔗皮做的木筏冲波击浪，用绿色的树枝串起或粉或黄的鱼来烤，还能尽情舞蹈。正是出于这份同情之心，我任由她们围在我身边，努力让她们开心，不把她们逗得笑着求饶，大喊："蒂图巴，哎呀，蒂图巴！"绝不停手。

她们最喜欢夜魔使者的故事，经常围着我坐成一圈，让我闻到了她们身上因为很少洗澡而散发出的酸臭味，然后叽叽喳喳地问我："蒂图巴，你觉得塞勒姆有夜魔使者吗？"

我一般都会笑着点头："有的。我看，萨拉·古德肯定是一个！"

萨拉·古德是个年轻的女人，身患残疾且基本靠行乞为生。孩子们都很怕她。她的嘴里总叼着一个臭烘烘的烟斗，还喜欢说一些疯言疯语，像是念着一些只有她才懂的经文。除此之外，她倒算是个真诚的人，至少我是这么认为的！孩子们继续七嘴八舌地问："你真的这么想，蒂图巴？那萨拉·奥森伯恩呢？她是不是也是？"

萨拉·奥森伯恩是个老妇。她一点儿也不穷，相反还相当有钱，拥有一栋漂亮的橡木屋子。也不知道她年轻时做过什么，名声很差。

我深吸了一口气，装作沉思的样子，吊足了孩子们的胃口后才简短地答道："也许吧！"

阿比盖尔继续刨根问底："你有没有亲眼看过她们两个褪去人皮在天上飞？伊丽莎白·普罗克特呢？你见过她吗？"

我收起了戏谑的表情，因为普罗克特太太是村子里少数几个品行俱佳的女性之一。她曾真心实意地和我谈过奴隶制，还问过我家乡的情况。

"你知道我在开玩笑，阿比盖尔！"

然后，我就把她们都打发走了。当只剩我和贝齐两个人的时候，她用细嫩的声音问我："蒂图巴，真有夜魔使者吗？真的吗？"

我一把将她抱在怀里："这有什么要紧的？他们要敢来害你，我一定会在你身边保护你的！"

她盯着我看了一会儿，我费尽心思地想驱散

她眼中暗藏的阴影："蒂图巴能去除所有的痛苦、愈合所有的伤口、解开所有的结！你们难道不知道吗？"

听完这些安慰的话，她仍默不作声，身体却抖动得更加厉害。我愈发抱紧了她，她的心跳得像在笼中扑腾的小鸟翅膀，我又重复了一遍："蒂图巴无所不能。蒂图巴无所不知。蒂图巴无所不见。"

很快，来的女孩越来越多。在阿比盖尔的怂恿下，一群胸脯已经开始发育，而且我敢肯定已经来潮的傻妞们也跑到我的厨房来了。我一点儿也不喜欢这些女孩。无论是玛丽·沃尔科特、伊丽莎白·布思，还是苏珊娜·谢尔登，统统都不喜欢。她们的眼里总是流露出对我们这一种族的蔑视，和她们父辈们一样。可与此同时，她们又需要靠我来给她们那味同嚼蜡的生活添点儿料。不过，她们自是不会跑来求我，而会对我颐指气使地下命令："蒂图巴，给我们唱支歌！""蒂图巴，给我们讲个故事。不，我们不想听这个。给我们讲夜魔使者的故事！"

一天，情况更加恶化。那个肥胖臃肿的玛丽·沃尔科特一直在我身边转悠，最后终于忍不住说道："蒂图巴，你真的无所不知、无所不见、无所不能吗？你难不成是个女巫？"

我一听就火了："别说一些你们自己都不懂的话！你们知道什么是女巫吗？"

安妮·帕特南也跟着帮腔："我们当然知道！巫师就是和撒旦签订协约之人。玛丽说得对，你是女巫吗，蒂图巴？我觉得你肯定是。"

我忍无可忍，将这几个年少无知的长舌妇扫地出门，一直赶到大街上："我再也不想看到你们在我身边出现。再也别来了！永远别来！"

待她们四散而去之后，我将小贝齐拉到身边，轻声责备道："你为什么要把我说的话都告诉她们？你看到了，这会造成多大的误解！"

小姑娘脸涨得通红，一下滚到我的怀里来："对不起，蒂图巴！我什么都不会和她们说了。"

自从我们搬到塞勒姆，贝齐就变了。她变得紧张不安、焦躁易怒，经常会因为一点儿小事而啼哭不止，还时常瞪着她那半枚硬币般大小的眼睛看向虚空！这让我十分担忧。她天性如此脆弱，那两个不知什么原因在二楼去世的灵魂会不会缠上她？我是不是应该用保护她母亲那样的方法保护她？

不，我一点儿也不喜欢我这个新的生活环境！我的恐惧每日剧增，成为身上无法卸下的重负。夜晚，我与它共眠，它附着于体，夹在我和约翰·印第安那矫健的身体间。白天，它让我步履沉重，连烹饪寡淡无味的燕麦粥的双手也变得迟钝。

我变得不像我了。

我使用了一种方法来缓解焦虑。我将一只灌满水的瓶子放在了厨房窗台显眼的地方，那里面装着我的家乡巴巴多斯。我成功复原了整座岛，连同那白浪翻滚、连天接海的甘蔗田，海岸随风倾斜的椰子林和挂满鲜红或暗绿果实的橘子树。虽然无法看清岛上的人，上面的山、棚屋、榨糖磨坊和那些看不见的手所赶的牛车却都清清楚楚。岛上农场主的大屋和墓地也是。这一切尽管都无声地飘荡在瓶底，却足以温暖我的心房。

偶尔，阿比盖尔、贝齐或是帕里斯夫人会将我从凝视中惊醒，她们会不解地问道："你在看什么，蒂图巴？"

很多次，我都想与贝齐和帕里斯夫人分享我的秘密。我知道，她们也和我一样怀念巴巴多斯。可是，新环境让我学会了谨慎，所以每次我都选择闭口不言。我也会自问，她们的遗憾和怀念之情是否和我的一样？她们怀念的，是更为安逸的人生，是被一群奴隶贴身伺候，被照顾得无微不至的那种人上人的生活。毕竟，尽管帕里斯老爷最后失去了所有财产，可她们在岛上也曾锦衣玉食。而我，我怀念的是什么？奴隶那有限的幸福，面包屑中的糖块，禁忌游戏里短暂的欢愉。

我们不是一个世界的人。帕里斯夫人、贝齐和我。无论我多爱她们，都不能改变这一事实。到了十二月初，由于贝齐魂不守舍、丢三落四的情况变得过于严重（她无法背出经文，因此经常挨塞缪尔·帕里斯的打，这点不难理解吧），我决定为她沐浴。

　　一天，我让她发誓保守秘密，待到夜晚降临，我将她全身泡到由多种羊水调制的药汤中。流放异乡的我花了四天多时间才弄齐这点儿东西。好在，结果还是让人骄傲和欣慰的。将贝齐放入这滚烫的浴汤中时，我感到自己这双不久前曾夺取过生命的手开始赋予新的生命，我也借此赎了弑子之罪。我让她诵念经文，随后将她的头按入水中，再将快要窒息、满眼泪水的她猛地拉出水面。最后，我用一张大床单将全身通红的她紧紧裹住送到床上。她沉沉睡去，她已经很久没有这样安心地睡过觉了。好几次，她都会整晚哭着喊我的名字："蒂图巴，蒂图巴！快来！"

　　临近午夜，当确定不会在街上碰到游魂后，我遵照要求，出门将药浴的水泼到一个十字路口。

　　不同地方的夜晚是多么不同！在我们的家乡，夜晚如同母亲的子宫。人们每晚归家之时，虽精疲力竭、步履蹒跚，感官和意识却异常敏锐，时刻准备接收万物生灵的轻言细语。在塞勒姆，夜晚则是一堵充满敌意的墙，随时会让人碰壁。当我途径暗黑森林之时，潜藏其中的野兽发出耸人的呼号，无数双不怀好意的眼睛时刻盯着我的脚步。我又碰到了那熟悉的黑猫。奇怪的是，本应向我示好、给我安抚的猫却嚎叫不止，冲着月亮弓起了身子。

我好不容易平安到达多宾街的十字路口。一到那里，我便把顶在头上的水桶放在地上，不疾不徐，一丝不苟地将里面的液体倒在结了白霜的地上。当最后一滴液体被土地吸收之时，我听到街边斜坡的草丛中传来一阵窸窣声。我知道曼雅娅和我的母亲阿贝娜就在不远的地方。但是，这次，她们没有现身，我也只得猜想是她们在静静地看着我。

很快，严寒包围了塞勒姆。大雪封窗。每天早上，我都必须用热盐水来对抗冰雪。可最后胜利的总是它。不久，连太阳都不屑升起了。生活陷入令人焦虑的黑暗。

Chapter *10* 第 十 章 ————

　　过去，我对塞缪尔·帕里斯所信宗教的破坏力及其影响力并不那么清楚，搬到塞勒姆之前，对其本质也缺乏了解。您不妨试想一下，在一个挤满男男女女的小村子里，人人都认为与魔鬼为邻，一有点儿风吹草动就想对其围追堵截是个什么样子。什么奄奄一息的母牛啦，抽搐癫痫的孩童啦，初潮迟来的女孩啦，凡此种种都会引发无穷无尽的猜想。是谁与那个恐怖的敌人立了约，带来了这些灾祸？是不是布里奇特·毕晓普，她已经连续两周没有参加礼拜了。不不不，更有可能是吉勒斯·科里，有人看到她在安息日下午喂了一头四处晃悠的野兽。我自己也不免受到这可怕环境的毒害，时常无意识地因为一些琐碎小事口诵经文、手画十字。不过，我倒是有充足的理由感到恐慌。在布里奇顿的时候，苏珊娜·恩迪科特已经让我明白，我的肤色就是与魔鬼亲近的证明。对于这种言论，当时的我还可以当作是一个因为形单影只和老之将至而变得越发尖酸的泼妇之言。可在塞勒姆，人人都这么想。

塞勒姆有两三个不知怎么沦落至此的黑奴。我们这几个人不仅都是该下地狱的，更是撒旦在人间的使者。人们总能时不时发现我们这几个人在私下会面，密谋如何满足自己那不可告人的报复心，如何不易被察觉地释放出恨意，如何不择手段地进行破坏。这就像人们总怀疑一个忠诚的丈夫整天想着让妻子去死，一个贞节的妻子时刻准备将自己孩子的灵魂卖给魔鬼来除掉自己的丈夫！邻里之间总想着如何解决对方，兄妹之间只顾着手足相残。就连年幼的孩子也想着怎么用最痛苦的方式摆脱自己的父母。这些酝酿中的罪行所散发的浊气让我完全变成了另外一个人。看着瓶底的碧水清波神游奥蒙德河岸也没有什么用，我身上的某些东西，尽管缓慢，却已无可挽回地开始变化。

是的，我变成了另一个女人，连我自己都认不出自己了。

一件事完成了我的最终质变。大概是迫于经济压力，而且又没钱买坐骑，塞缪尔·帕里斯只能将约翰·印第安租借给迪肯·英格索尔干农活。这下，约翰·印第安只有在上帝明令黑奴都应享有的安息日前夜才能回来与我同床。于是，夜以继夜，在那孤清无火的房间里，我只能独自蜷缩在那床单薄的被子里，呼吸中都是对离人的渴望。身强体壮的约翰·印第安在此之前一直都能很好地满足我的欲望。可现在，绝大多数时候，当牛做马的他回到我身边时已经筋疲力尽，还没亲上我的胸脯就已经沉沉睡去。我摸着他卷曲粗粝的头发，满怀对他的怜悯和对命运的怨怼！

是谁，创造了这个世界！

如此无助和绝望之下，复仇的念头开始闪现。可该怎么做呢？我总在日出之时推翻自己精心设计的方案，待到日落之时又开始重新构思。我不吃也不喝，总是披着粗羊毛披肩，宛如行尸走肉，身后还跟着一两只黑猫。这两只猫应该是好心的朱达·怀特派来的，让我不至于感到形单影只。也难怪塞勒姆的居民会怀疑我，我的状态确实很可疑！

我变得形容可怖、丑陋邋遢！连头发都懒得打理，任其疯长，状若鬃毛。我的脸颊也凹了下去，牙凸嘴裂。

约翰·印第安在我身边时都忍不住抱怨："你也有点儿太不修边幅了，我的夫人！以前，你是让我畅游的牧场。现在，你两腿之间和臂膀之下的茂密之林让我多少有点儿败兴。"

"原谅我，约翰·印第安。哪怕我不再值得，也请继续爱我！"

我养成了在森林里大步行走的习惯。我觉得要是身体累了，心也会累，这样或许能找回一丝睡意。那时节，森林里曲径皑皑，虬枝嶙峋。一天，我踏入了一块林间空地，那感觉就像进了一座大理石墙壁齐齐向我压来的监狱。从头顶那孔狭窄的圆圈看着珍珠白的天空，我觉得自己的生命将裹着这道如同尸布的白光完结于此。我的灵魂是否能找到回归巴巴多斯之路？就算它找到了回乡之路，之后是否会像曼雅娅和我的母亲阿贝娜一样无声无力，不得不四处流浪？我想起了她们的话："我们将分隔两地，需要跋山涉水才能见你一面！"

唉！我当时真应该问个清楚，逼着她们让步，告诉我这在当时无从料想的实情！一个问题始终困扰着我：当肉体顺应自然之法时，被解放的灵魂是否能走上回乡之路？

我要重回那片失落的土地，重见那些丑陋的伤疤。我只须闻闻味道就能认出她。那汗水、苦难和劳作交织的气味虽然呛鼻炙热，却让人异常安心。

有那么一两次，我在森林中游荡的时候碰到过几个猫着腰寻找草药的村民。从他们那闪烁不定的神情中不难猜出他们心中的盘算，这场景让我忍俊不禁。害人之法是一种复杂的融合之术，既要懂得识草辨药之理，也要具有操控能量之力。这些能量稍纵即逝、桀骜不驯，要懂得把握时机才能控制。也不是谁都可以自称女巫的！

一天，我独自一人拢着裙摆坐在光亮结冰的地上时，突然看到一个熟悉的身影惊恐地在林间穿梭。那是约瑟夫·亨德森的黑奴萨拉。看见我，她原本是想逃开的，后来又改了主意，走了过来。

我已经提过，塞勒姆有不少黑人。他们任人剥削和摆布，待遇往往还比不上他们负责照料的畜生。

约瑟夫·亨德森本人来自罗利，后来娶了帕特南家的一个女儿。帕特南是村子里最显赫的家族。这个婚姻或许基于算计，可最后的回报却少得可怜。因为一些不堪的原因，夫妻俩并没能获得想要的产业，只能混个温饱。也许正是因为这个，普丽西拉·亨德森夫人总是第一个踏进教堂、第一个念诵经文，打女仆也打得最狠。人们对萨拉脸上的淤青和永不消散的大蒜味——她用大蒜来治疗淤青——已经习以为常。她躺到我的身边，直接说道："帮帮我，蒂图巴！"

我握着她那如同枯柴一般僵硬起茧的手，问道："我能怎么帮你？"

她的眼中似有火焰在跳动："人人都知道你法力无边。帮我摆脱她吧！"

我沉默了一会儿，摇了摇头："你说都不敢说的事情，我是绝不能做的。教我法术的人传授的是治病救人而非伤天害理之术。有一次，和你一样，我也想这样做，但是她制止了我：'不要变成那种只想着害人的人。'"

她耸了耸盖在破旧披肩下的瘦弱肩膀："教育要适应环境。你已经不在巴巴多斯了，在那里，你和我们那些不幸的同胞住在一起。现在，你的身边是一群时刻都想消灭我们的恶魔！"

听到这里，我不禁自问到底是小萨拉在说话，还是我自己内心深处的想法回荡在这空旷静谧的森林中。复仇。集体复仇。我、约翰·印第安、玛丽·布莱克、萨拉和其他所有人！让暴风烈火来得更猛烈些吧！让这如同裹尸布一样的白雪染上猩红！

我局促地说："别这样，萨拉！你要是饿了，就到我的厨房来，我那儿不缺土豆干。"

她站起身，鄙夷的眼光如硫酸一般灼烧着我。

我起身往回走，不过并没有急着赶回村子。萨拉难道是在传达那些不可见之人的想法？我是不是应该花三天时间祈祷，全力召唤：

> 漂洋过海吧，哦，我的父辈！
> 漂洋过海吧，哦，我的母族！
> 你们的子孙孤身漂泊在远乡啊！
> 漂洋过海来吧？

陷于沉思的我心不在焉地走过丽贝卡·纳斯夫人家时，猛地听到有人在喊我的名字。丽贝卡·纳斯夫人已经快七十一岁了，我从没见过比她更遭罪的女性。有时候，她的腿会肿得寸步难移，只能瘫在床上，如同搁浅在贩奴公海上的鲸鱼。她的孩子曾跑来找过我几次，我成功缓解了她的疼痛。这天，她那张饱经风霜的脸上看起来没有那么多褶子，笑吟吟地对我说道："过来扶我一下，蒂图巴，我们一起走走。"

我听了她的话。然后，两人沿着道路往村子中心走去，一路阳光熹微。当我再次陷入之前那可怕的两难选择时，丽贝卡·纳斯突然低声说道："蒂图巴，你能不能教训一下这些人？霍尔顿那家人又忘记把他们的猪拴好了。我们的菜地又遭了殃！"

我愣住了。好一会儿才明白她希望我做什么，不禁怒从心起，甩开了她的手，把她一个人撇在篱笆那里。

不！不能被他们同化了！我决不妥协，决不害人！

这之后没几天，贝齐就病了。

我倒没有很意外。这几周，我只顾着自己的问题，的确忽视了她。我甚至记不清自己有没有在晨祷时为她祝福，有没有给她准备强身健体的汤药。事实上，我很少见到她。她大部分时间都和安妮·帕特南、默西·刘易斯和玛丽·沃尔科特那几个曾被我赶出厨房的女孩混在一起。她们还会躲在二楼的房间里玩一些可疑的游戏，我对此也心知肚明。有一天，阿比盖尔拿了一套塔罗牌到我这儿，天知道她是从哪里弄来这个的，然后问我："你觉得我们能从中读出未来吗？"

我耸了耸肩："我可怜的阿比盖尔，就靠这么几张花花绿绿的硬纸片恐怕还不行。"

于是，她举起了她那没什么血色、纹路纵横的手掌问道："这个呢？我们能从中读出未来吗？"

这一次，我只耸了耸肩，什么都没说。

是的，我知道这群小姑娘在玩火。但是我选择睁一只眼闭一只眼。她们的那些疯言傻语、窃窃私语、嬉笑逗乐不都是为了反抗她们那可怕的日常生活吗？

因亚当之罪，全人类都堕落了……

这罪孽印在我们的头上，没人能
抹去……

至少，在那几个小时里，她们能重获轻松和
自由。

一天晚上，吃过晚饭后，贝齐突然倒在了地
上，手抱十字直挺挺躺着，双眼翻白，龇牙咧嘴地
笑着。我急忙跑过去，可我的手刚碰到她的胳膊，
她就迅速躲开，发出一阵嘶吼。帕里斯夫人见状慌
忙跑了过来，将她抱到怀里，不管不顾地吻着她。

我只得回到厨房。

到了晚上，众人就寝之后，我又等了一会儿，
像贼一般走下木梯。我屏住呼吸，推开了贝齐的房
门，出乎意料的是，房间是空的。应该是做父母的
担心孩子会受到什么未知的伤害，将她抱去了他们
的房间。

我又想起了帕里斯夫人看我的眼神，这未知
的伤害只能源于我。

这些不知感恩的母亲！

从我们离开布里奇顿起，我一直掏心掏肺地照顾着帕里斯夫人和贝齐。只要有个伤风感冒，头疼脑热，我都会第一时间帮她们治好；我费尽心思地为她们准备饮食，往那些难以下咽的稀粥羹汤中添盐加料；也曾不顾风霜雨雪，出门为她们寻蜜找食。

所有这一切，一眨眼的工夫都被忘光了，我瞬间成了敌人。或许我一直都是吧，帕里斯夫人是不是一直都嫉妒我和贝齐之间的亲密关系？

如果我当时不是那么心烦意乱，就能更理智地看待她这种态度。伊丽莎白·帕里斯这几个月一直都深受塞勒姆环境的毒害，与一群把我看成撒旦使者的人为伍。看我和约翰·印第安居然被允许和一个天主教家庭住在一起，他们十分诧异，对此也毫不讳言。尽管起初她曾极力反抗，但很有可能，她也被这套观念洗了脑。可就算如此，也无法消除这遭到背叛的痛苦。满心苦涩的我回到了自己的房间，与孤独和忧伤为伴，一夜无话。

第二天早上，我仍和往常一样第一个下楼，

准备做早饭。那天有新鲜的鸡蛋，我正打算用冰将它们敲碎做炒蛋的时候，听到帕里斯一家人开始陆续上桌，准备做晨祷。这时，塞缪尔·帕里斯的声音响起："蒂图巴！"

每天早上，他都这么叫我。不过今天，他的声音显得有些反常，带着威胁！我依旧不急不忙地走过去。

我刚走到门口，紧了紧我身上的那条披肩，火刚生不久，还没冒多少热气，我的小贝齐便从她的椅子上跳下来，滚到地上大喊大叫起来。

那声音丝毫不似人声。

每年，为了准备圣诞节，奴隶们会养一头猪，然后在离圣诞节大餐还差两天的时候宰了它，将猪肉浸在用柠檬和月桂叶调制的汁中去除肉中的杂质。我们会在一大早杀猪，然后束起它的脚，倒挂在加拉巴士木的枝干上。放血的时候——这血开始流得很急，之后会逐渐放缓——猪便会发出嘶吼。那刺耳的叫声令人不忍卒听，一直到死亡降临之时才会戛然而止。

贝齐的叫声就是如此。这具儿童的身体好像突然变成了被某种可怕力量占据的野兽之躯。

阿比盖尔一开始只是站在那里，明显也被吓得目瞪口呆。然后，她那双洞察一切的眼睛开始从塞缪尔·帕里斯那张写满谴责的脸上骨碌碌地转到帕里斯太太那张惊惧的脸上，最后又转到了我那张肯定显得极为慌乱的脸上。她似乎明白发生了什么，然后，就像一个还没搞清沼泽那绿色表面之下掩盖的是什么就往下跳的莽夫，她也跳下椅子，滚到了地上，用同样的方式叫了起来。

这恐怖的合唱持续了整整几分钟。然后，两个孩子似乎是昏过去了。塞缪尔·帕里斯这才说道："蒂图巴，你对她们做了什么？"

我本应该用轻蔑的大笑来回答他，然后回到我的厨房。可我却像是被钉在那里，惊恐地看着两个姑娘，一句话也没说出来。最后，帕里斯夫人唉声叹气地抱怨道："瞧瞧你那些妖法干的好事！"

听到这句话，我气得跳了脚："帕里斯夫人，您病的时候，是谁救了您？您在波士顿那间破屋子里快死的时候，是谁在您的头上点燃了治愈之光？难道不是我吗？您把这些都称为妖法？"

塞缪尔·帕里斯像一个发现了新猎物的野兽一样在绕圈，然后大声斥责道："伊丽莎白·帕里斯，你给我说清楚！你也参与了撒旦的把戏？"

这个可怜的女人踉跄地跪倒在她丈夫的脚边，说道："原谅我，塞缪尔·帕里斯，我不知道我都干了些什么！"

要不是贝齐和阿比盖尔突然苏醒，随即又开始像被鬼怪附身一样惊叫起来，我都不知道塞缪尔·帕里斯当时会怎么刁难她。

很快，大门那儿传来了一阵敲门声，邻居们都跑来了。塞缪尔·帕里斯马上变了脸色。他用一根手指抵住嘴唇，抓起两个孩子和一捆木柴，将木柴捆在孩子们的身上。过了一会儿，帕里斯夫人终于收拾好表情，给那些好事者开了门，说了几句安抚人心的话："没什么事，没什么事。一大早的，塞缪尔·帕里斯想管教一下女孩们。"

新来的几个妇女还叽叽喳喳地表示赞同："就

是就是，管得更频繁些才好呢！"

谢尔登夫人是第一个提出反对意见的，她的女儿苏珊娜整天和阿比盖尔混在一起："这叫的和古德温家的孩子一样。希望她们没有中邪！"

这话一出，大家便都开始犯嘀咕了。她用冷酷的浅色眼睛死死盯着我。帕里斯夫人勉强挤出一丝笑容："谢尔登夫人，您这话从何说起？您不知道孩子就像面包一样需要揉搓？相信我，塞缪尔·帕里斯是个好厨子！"

所有人都笑了起来。我则回到了厨房。稍加思索，我便明白了。不管有意无意，主动被动，有人将我和贝齐对立起来了。在这件事上，我觉得阿比盖尔只是个微不足道的配角，她只是很会瞅准机会利用这个角色而已。当务之急是重新获得小姑娘的信任。我相信，只要能找到单独和她相处的机会，这应该不是什么难事。

然后，我得开始自保，实在是拖得太久了，非还击不可了！以眼还眼。曼雅娅那套老掉牙的人道主义教诲显然已不合时宜。我身边的人和波士顿森林里那些嗜血嚎叫的狼一样凶残，我必须变得和他们一样。

　　可当时的我并不知道恶是一种天赋，后天是学不来的。天生没有利爪獠牙的人，无论在什么战争中，都注定会输得一败涂地。

Chapter *11* 第十一章

　　"别费心思了，傻瓜！我们在一起的这几年，我一直在观察你，发现你根本不了解我们所处的这个白人的世界。你一直在破例，总以为他们中会有人尊重，甚至爱我们。这可真是大错特错！就应该一视同仁地恨！"

　　"这么和我说话让你很过瘾吧，约翰·印第安！你也不过是他们手中的玩偶！我牵着这根线，而你，你牵着……"

　　"我那不过是在演戏，傻姑娘！涂上他们想要

的颜色。想要赤目凸眼？'没问题，主人！'想要
青紫厚唇？'好的，夫人！'想要塌鼻如蟆？'只
要你们开心就好，女士们，先生们！'在这些假象
之后，我还是那个我，自由的约翰·印第安！当我
看你把那个贝齐当个宝的时候，我就在想：'希望
她别失望！'"

"你觉得她不爱我吗？"

"我们是黑人，蒂图巴！全世界都恨不得我们
去死！"

我在约翰·印第安胸口捶了几下，他这话可
真伤人。

"接下来会怎么样？"

他想了一会儿。"塞缪尔·帕里斯比谁都怕塞
勒姆传出他养的姑娘中邪的传闻。他肯定会把格里
格斯医生叫来，希望他得出这不过是平常病症的诊
断。要是这个倒霉的医生能把她们治好，事情还不
至于变得无法收拾。"

我呻吟道："约翰·印第安，贝齐不可能病
啊！我已经给她做了全方位的保护……"

他打断了我："倒霉就倒霉在这儿！你想保护她，可她会把什么都一五一十地——哦，装作懵懂无知，我一开始也这么以为——和阿比盖尔以及那群讨人嫌的小贱人说。她们会把这些话都变成毒药，唉！而她就是第一个中毒的！"

我泪如雨下。约翰·印第安不仅没有安慰我，反而用生硬的语气说道："你难道忘了你是阿贝娜的女儿？"

这话让我找回了点儿自我。

日光从狭窄的天窗洒进屋中，天空灰蒙如一块抹布。该起床干活了。

塞缪尔·帕里斯已经起床了。他正准备去教堂议事厅，今天是安息日。他那顶黑色的帽子遮住了半个额头，将他的脸变成了个僵硬的三角形。他转向我，说道："蒂图巴，没有证据，我不会妄加指控的。我也会暂时保留我的审判。不过，如果明天格里格斯医生也觉得是魔王在作怪，我会让你知道我是谁的！"

我冷笑道："您把什么称为证据？"

他继续盯着我说："我会让你招认对我的孩子们所做之事，然后把你吊死！马萨诸塞州的树上会挂上多么好的果子！"

就在这时，帕里斯夫人和两个女孩走进了房间，阿比盖尔的手上拿着祈祷之书。

她第一个倒下，然后开始惊叫。有那么一会儿，贝齐依旧站着，面色通红，在我看来，她正在恐惧和眷恋中摇摆。最后，她躺到了阿比盖尔身边。

我也叫了起来："停下，别叫了！贝齐、阿比盖尔，你们明明知道我从来没有害过你们！尤其是你，贝齐！我所做的一切可都是为了你啊！"

塞缪尔·帕里斯朝我走来，那冲天的怒火逼着我跟跄了几步，就像被它打到一般："你快说清楚！这可是你自己说的。你对她们做了什么？"

这一次，我被和昨天一样闻声而来的邻居大军给救了。人们围着两个不断抽搐到变形的孩子，敬畏不已，鸦雀无声。约翰·印第安也下了楼，一言不发地到厨房去找了个桶，砰的一声将水往两个状若疯癫的孩子身上泼去。她们平静了下来，浑身湿透地站起身，狼狈得很。我们列着队向教堂议事厅走去。

当我们准备在祈祷凳上跪拜时，闹剧再次上演。约翰·印第安和往常一样率先跪上去，我跟着他，同帕里斯夫人一左一右地将两个女孩带过去。阿比盖尔准备走过来跪到我身边时，突然停下动作，向后跳了几步，正好跳到走道中央，惊叫起来。

试想一下塞勒姆安息日礼拜的场景！所有人都在。朗姆酒商约翰·帕特南，托马斯·帕特南教士和他的妻子安妮，吉尔·科里和他的妻子玛莎，他们的女儿和女婿，约翰娜·齐布，纳撒尼尔·英格索尔，约翰·印第安和伊丽莎白·普罗克特夫妇，等等，一大群人！我还认出了经常与阿比盖尔和贝齐一起玩危险游戏的几个女孩。她们的脸上和眼中都兴奋得发光，个个跃跃欲试，都想倒在地上，获得所有人的注视！我可以感受到，她们全都迫不及待地想加入这场狂舞。

不过这次，只有阿比盖尔一个人抽搐嘶吼，贝齐并没有照做。所以，过了一会儿，她就不叫了，只是仍旧匍匐在地，发髻半散。约翰·印第安站了起来，将她扶起来带回了家。之后的礼拜活动没再发生什么意外。

　　我承认我很天真。我原本认为，哪怕在一个恶贯满盈的种族中，也能有敏感和良善之辈，就像一棵发育不良的树也能结出丰硕的果。我相信贝齐对我的感情，她只是暂时被某个我不知身份的人误导了，我有信心让她回心转意。趁帕里斯夫人下楼去应付那群跑来询问孩子们情况的人时，我去了她的房间。

　　贝齐靠窗而坐，双手一动不动地放在她的针线活上。暮色中，她脸上晦暗的神情让我的心不由得往下一沉。听到脚步声，她抬起头，嘴立马张开，就要喊出声来。我赶忙上前用手捂住了她的嘴。她毫不留情地咬了我，鲜血即刻涌出。四目相对之时，一条猩红的血线缓缓在地板上蜿蜒。

　　我强忍着痛楚，用最柔和的语气问道："贝齐，是谁让你针对我的？"

她摇头："没有人，没人。"

我接着问："是阿比盖尔吗？"

她依旧摇头，越摇越快，仿佛在抽搐："不是，不是。她们只是说你对我做的都是坏事！"

我语气不变地问道："你为什么要告诉她们那些事情？我不是和你说过这些事情是我们俩之间的秘密吗？"

"我办不到！办不到！你对我做的都是些什么事啊！"

"我不是和你解释过，这都是为了你好吗？"

她的上嘴唇微微翘起，扯出一个难看的苦笑，露出她那口不健康的牙龈："你，做好事？你是一个黑人，蒂图巴！你只会干坏事。你就是恶的化身！"

这样的言语，我虽曾听过，也曾从他人的眼神中体会过，却从没想到会出自一张对我来说如此亲切的口中。我哑然失语。贝齐继续像海岛上的绿曼巴[1]一样朝我吐信："你让我洗的那个血浴，里面

---

1 毒蛇。

都有什么？是不是你用邪术杀掉的新生儿的血？"

我目瞪口呆。

"你每天早上喂的猫，就是'它'，对吗？"

我痛哭出声。

"当你去森林的时候，就是为了和她们，你的同类们私会和跳舞，是不是？"

我强撑着退出了房间。

我穿过饭厅回到了厨房，饭厅里全是兴奋过度、聒噪不已的妇人。有人弄走了我遥望巴巴多斯的玻璃瓶，我颓唐地来坐在小凳上。就在我蹲着暗自神伤之时，玛丽·西布莉来找我了。我对她的感情和对镇子里大部分女人没什么不同。不过，我也得承认，有那么一两次，她在说起白人对黑人所做的那些事时，倒是显得很有同情心。她一把抓住我的胳膊："听我说，蒂图巴！很快，狼群就要向你扑来，撕咬你，把你扯碎，还会在嘴边的血液凝固变味之前，迫不及待地舔掉。你必须要自卫，证明那几个小鬼没有中邪！"

我讶异于这突如其来的关怀，满心疑虑地说：

"我也希望自己有这个能力。可惜，我不知道该怎么办。"

她压低声音说道："你恐怕是唯一一个不知道的人。只须给她们做个蛋糕，秘诀在于，不是用水而是用尿和面，烤好之后让她们吃下……"

我立马打断了她："西布莉主人，尽管我很尊敬您，这些无聊的话您还是和别人去说吧！"

就在这个时候，约翰·印第安正好进来了，她立刻转向他说道："她知不知道人们会怎么对待女巫？我好心帮她，她却不领情！"

约翰·印第安转了转眼珠子，接着用哭腔说道："唉！西布莉主人！帮帮我吧！帮帮可怜的蒂图巴和约翰吧！"

可我依旧没松口。

"这些无聊的废话，西布莉主人，您还是留着和别人说去吧！"

她愤然离去，约翰·印第安赶忙追上去竭力安抚，却徒劳无功。天快黑的时候，那几个曾被我赶出厨房的女孩鱼贯而入，一个都没少。安妮·帕特南、玛丽·沃尔科特、伊丽莎白·哈伯德、玛丽·沃伦、默西·刘易斯、伊丽莎白·布思、苏珊娜·谢尔登、萨拉·丘吉尔，我知道她们是来炫耀的。全是来品尝我的惨败的！唉，可这仅仅是个开端！我还会跌得更惨，遭更多的罪。她们个个翘首以盼，眼中闪着残酷的光芒。这让她们容光焕发，连身上的奇装异服都掩盖不住！即便玛丽·沃尔科特的臀扁平如箱，玛丽·沃伦的胸干瘪如梨，伊丽莎白·哈伯德有一口磨刀石般的龅牙，这会儿却也称得上迷人了。

那天晚上，我梦到了苏珊娜·恩迪科特，想起了她曾对我说过的话："无论是死是活，我都不会放过你！"

难道是她在复仇？她是不是已经死了，被埋进了布里奇顿的墓地？她的大犀是否已经卖给了出价最高的买家？她的财产是否如其所愿地分给了贫民？

难道真是她在复仇？

约翰·印第安去英格索尔执事那儿了，我的床再次变得冰冷空虚，就像人们为我挖的坟墓。我拉开窗帘，看到了侧卧于天空的月亮。一条丝绸围巾慢慢缠上月亮的颈项，周边的天色顿时变得暗淡如墨。

我打了个寒噤，重新躺下。

临近午夜的时候，房门被推开了，本就兴奋焦灼的我，腾地一下就坐了起来。是塞缪尔·帕里斯。他一言不发地站在幽暗里，嘴里念叨着我未知的祷词，细长的身形始终紧靠着隔板。仿佛过了一个世纪，他才离开，就像他来时一样悄无声息。这让我不禁怀疑自己是不是做了个梦，居然还梦到了他。

清晨，睡神终于用他那双乐善好施的手将我拥进怀里。他对我关怀备至，赐予了我一次远足，让我在巴巴多斯的山岭中穿行。我再次住进了那间曾经度过无数幸福时光的棚屋，孑然一身。现在的我终于明白，孤独是最大的恩惠。我的棚屋还是老样子，只是变得稍微有点儿摇晃，多长了一点儿青苔而已！百香果藤上结满了果实。加拉巴士木上也挂满了圆球，如同妇人的孕肚。奥蒙德河水声潺潺，宛如牙牙学语的婴孩。

故乡啊，失落的故乡！我是否还能回到你的身边？

Chapter 12 第 十 二 章

　　我和格里格斯医生的关系一直很不错。他知
道是我让帕里斯夫人恢复了健康，多亏我，她才能
每周日去教友会唱诗。他也知道是我治好了两个女
孩的咳疾和支气管炎。有一次，他还亲自跑来找我，
讨了副膏药回去治他儿子脚踝上的顽疮。

　　一直以来他都没有认为我这救死扶伤的能力
中有什么邪恶的成分。可是，这天早上，他推开塞
缪尔·帕里斯家的门，连看都不看我一眼。我明白，
他这是准备更换阵营了。他走上了通往二层的楼梯。

在平台上，我听到他压低声音与帕里斯夫妇交谈。不一会儿，塞缪尔·帕里斯的声音便响起了："蒂图巴，马上过来！"

我依命行事。

贝齐和阿比盖尔都在两夫妇的房间内，肩并肩地坐在铺着鸭绒被的大床上。我才刚走进房间，她们两个便立马倒在地上，发出阵阵尖叫。格里格斯医生并没有慌乱，他将几本用皮革装订的大书摊开摆在桌子上，上面密密麻麻地写满了注释，开始正经地诵读。然后，他转向帕里斯夫人，命令道："把她们的衣服都脱了！"

这个可怜的女人看起来惊慌失措，我旋即想起了关于她和她丈夫的话语："我亲爱的蒂图巴，他要我时从不宽衣解带，也不会脱掉我的衣服。"

这些人无法忍受赤身裸体，就算是孩子也不行！

格里格斯医生用坚定的声音重复了一遍："把她们的衣服都脱了！"

她只得照办。

我就不提她费了多大的劲去脱两个女孩的衣服了，她们像两条被截成两段的蚯蚓一样扭来扭去，喊得就像被活生生剥了皮！无论如何，最终她成功了。两个女孩的身体一丝不挂地展现在了大家眼前。贝齐的身子尚未发育，阿比盖尔则已进入青春期，私处长出了卷曲淫邪的阴毛，胸部也出现了暗红色的乳晕。虽然阿比盖尔边叫边骂，满嘴胡言乱语，格里格斯医生还是一丝不苟地检查了她们俩的身子。最终，他煞有介事地对塞缪尔·帕里斯说道："肝脾没什么异常，胆汁没有凝结，血液也不过旺。总之，我没有发现任何身体上的异常。有鉴于此，我的结论是：她们确实落入了撒旦之手。"

迎接这话的是一阵此起彼伏的鬼哭狼嚎。为了平息喧嚣，格里格斯医生提高声音，继续说道："不过嘛，我只是个乡下医生。保险起见，你们还是找几个比我更博学的医生来看看吧。"

说完，他拿起书就走了。

陡然间，房间内落针可闻。阿比盖尔和贝齐仿佛意识到了刚才那番话的严重性。随即，贝齐撕心裂肺地哭了起来，哭声中夹杂着恐惧、悔恨和无尽的疲惫。

塞缪尔·帕里斯走到了楼梯的平台上，手肘一挥就将我推到了隔板上。他朝我走近几步，一把抓住我的肩膀。我没想到他的力气这么大，一双手宛如猛禽的爪子，我也从未离他如此之近，他那难闻的体味直冲脑门。他一字一句地说道：

"蒂图巴，要是真的证明是你给我的孩子们下了咒，我再警告你一次，我会叫你好看！"

我反唇相讥道："为什么一谈到巫术，您就想起了我？为什么不是您的邻居们？玛丽·西布莉看起来对这些东西也颇有心得！您怎么不去问问她！"

我已然如一头困兽，见人就抓，逢人便咬！

塞缪尔·帕里斯的脸沉了下来，嘴唇抿成了一条血线。他不再那么咄咄逼人："玛丽·西布莉？"

不过，上天注定他没法去找她对质，至少此时不行，因为一群悍妇已然骂骂咧咧地跑到帕里斯家来了。巫术开始蔓延，镇子里其他女孩也中招了。安妮·帕特南、默西·刘易斯、玛丽·沃尔科特一个个相继被所谓的撒旦控制了。

整个塞勒姆，从南到北，无论是阴森恐怖的木屋、牲畜棚，还是满是刺柏和雏菊的田野，流言四起。"着魔者"的呓语、惊慌失措的父母们的哀号、伸出援手的亲朋好友和帮佣们的私语。塞缪尔·帕里斯看起来已经束手无策："明天，我去波士顿向上层请示。"

我还有什么可以失去的？

我撩起裙子，脚蹬那双将脚磨得鲜血直流的木底鞋，朝安妮和托马斯·帕特南家跑去。托马斯·帕特南无疑是塞勒姆最有钱的人之一。他人高马大，一米来宽的帽子和厚重的英绒斗篷衬得他相貌堂堂。他和他的夫人是一个天上一个地下。私底下，大家都认为她是个疯子。他们的女儿小安妮不止一次地和我说，她妈妈想和我聊聊她所看到的幻象。

"她看到了什么？"

"她看到一些人在地狱中遭受业火。"

我想大家应该能理解，为什么我会在听完这种话后对安妮·帕特南避之不及！

挤在帕特南家一楼的那群人中没人注意到我，这让我能从容不迫地欣赏小安妮的表演。有那么一会儿，她站起身来，手指着墙，用演戏一般的声音说道："那儿，那儿，我看到了！它有鹰嘴一样的鼻子，火球一般的眼睛，浑身长满长毛。那儿，就在那儿，我正看着它！"

你们期待什么？指望这群成年人对此嗤之以鼻，然后去安慰自己家被吓坏的孩子？那你们可要大失所望了。他们不仅没有这样做，反倒像群无头苍蝇一样到处乱窜，双膝跪地，念经祷告。唯一一个双拳抵腰，仰头嘲笑这番闹剧的是萨拉·古德。她甚至还来了句："你怎么不去和它跳一曲？要是这间房子里真有什么妖魔鬼怪的话，我看你也算一个！"

说完，她便牵着她家的小多尔卡离开了。我本该和她一起走的，可她的离开和嘲弄引起了一阵骚动，屋子里的人开始相互打量对方，继而发现了躲在墙角里的我。

波普夫人向我投出了第一块石头："瞧瞧，塞缪尔·帕里斯给我们招来的好帮手！可叹啊，他非但没淘到金，还被这无花果精给缠住了。"

和很多塞勒姆的妇女一样，波普夫人也是个寡妇。她大部分时间都忙着在邻里间散布流言。她是个包打听，这家新生儿为什么会早夭，那家媳妇的肚子为什么迟迟没有动静……她都知道。通常，人们会躲着她。可是，这一次，她的话得到了全体认可。哈金森夫人也有样学样，捡起第二块石头："当他带着这几个吊丧鬼到镇里来时，我就知道他打开了不幸之门！看看，现在，大家都倒了霉！"

我还能说些什么来自卫？

出乎意料的是，一直耐着性子忍受这出闹剧的伊丽莎白·普罗克特夫人，鼓起勇气说了句公道话："还没到审判的时候呢，别急着给人定罪！我们还不知道这是不是巫术……"

这声音很快便淹没在十几个人的吼叫中："怎

么不是！怎么不是！格里格斯医生已经确诊了！"

普罗克特夫人勇敢地耸耸肩："嘁！医生就从不犯错吗？这位格里格斯医生不就曾因为误诊，害得纳撒尼尔·贝利的夫人进了棺材？她当时明明是中毒，他却当喉疾来治！"

我对她说道："别为我浪费气力了，普罗克特夫人，癞蛤蟆的黏液可掩盖不了玫瑰半分的香气！"

显然，我本应用个更恰当的比喻。我的敌人们马上抓住这点，嘲笑道："谁是玫瑰？你？你配吗？可怜的蒂图巴，你这话就说错了，呵，你怕是搞错了自己的肤色。"

尽管曼雅娅和母亲阿贝娜不再和我交谈，在某些时刻，我还是能确定她们就在我的身边。通常都是早上，一道纤瘦的影子会爬上我房间的窗帘，然后徘徊于床脚，难以察觉地向我输送温暖。从我那个破房间所散发的忍冬香气判断，来人是阿贝娜。曼雅娅的气味更加浓郁，称得上辛辣，却更难察觉。曼雅娅并不给我送温暖，她会让我的思维更加敏捷，让我更加坚定，没有什么能够打倒我。简而言之，曼雅娅给予我希望，母亲阿贝娜则给予我慈爱。但是，回头看时，也应承认，在我即将面对的威胁面前，更加直接的交流应该更有效。语言，有时候，什么都比不上语言。哪怕信口雌黄，哪怕言而无信，语言仍是无可替代的安抚佳药。

我在屋子后面圈了小块地，在里面养了一群鸡。约翰·印第安专门给我搭了个鸡棚，我时不时会从中抓几只献给那些看不见的珍贵亲友。但是，在这个节骨眼上，我需要其他的信差。年迈的哈金森夫人家和帕里斯家隔着两栋房屋。她总爱向人炫耀她养的羊群，那只通体雪白、头上有个星形标记的头羊更是她的心头宝。太阳初升，当提醒村民该用工作向上帝致敬的号角吹响时，哈金森夫人雇的牧羊人便会牵着两三条狗，赶着羊群朝着镇子尽头的公共牧场走去。为了不交牧场税，哈金森夫人曾大闹过好几次。塞勒姆就是这么个地方！这里的人虽然打着上帝的旗号，干的却是偷盗、抢掠、欺骗的勾当。法律根本就是一纸空文，什么给偷盗者标上 B¹ 字的标签，鞭笞，割耳，去舌，统统没用，罪恶依旧横行！

讲这些都是为了解释为什么我会毫不迟疑地打劫一个小偷！

我解开拴住羊圈的绳子，溜了进去，本来打着盹的羊群很快被惊醒了。我一把抓住那只头羊。它在我的手下奋力挣扎着，使劲蹬着地。不过，我比它力气大，它只得乖乖跟着我走了。

我把它往森林深处拖去。

有那么一瞬，我们相互凝视，虽然它才是受害者，身为刽子手的我却浑身颤抖，祈求它的原谅，期望它的血能传递我的祷告。随后，我用无可挑剔的手法干净利落地抹了它的脖子。它匍匐于地，我脚边的土地逐渐被血浸透。我将新鲜的血液抹于额头。然后，将它开膛破肚，并没有在意内脏和屎尿的恶臭。我将它的躯干切成四块，分别放到东南西北四个方位，开始向我的族人献祭。

1　英语中盗窃罪一词 burglary 的首字母。

施完法后，我累得虚脱，可祷词和咒语依旧在脑海里盘旋。她们会和我交谈吗，赋予我生命的两位女性？我需要她们。我已经失去了故土，还不得不杀死了自己的孩子，只剩下一个男人。所以，我需要她们，那两位给予我生命的人。过了不知道多久，森林里传来一阵响动，曼雅娅和母亲阿贝娜出现在我的眼前。她们终于冲破了挡在我们之间的那堵墙了吗？我心跳如鼓。最终，曼雅娅说道："别慌，蒂图巴！你知道的，厄运是黑人的同胞姐妹！同生共眠，喝着同样的奶，吃着一个碗里的饭。可就算如此，黑人依旧在抗争！无论是谁想让黑人从这个世界上消失，都打错了算盘！在这些人中，只有你能幸存！"

我祈求地问道："我还能回到巴巴多斯吗？"

曼雅娅耸了耸肩，淡淡说道："这还用问吗？"

说完，她做了个微不可见的手势就消失了。母亲阿贝娜待得久一点儿，和往常一样叹了会儿气。然后，她也消失了，并没有给我更多的解释。

站起身的时候，我多少镇定了些。尽管天寒

地冻，苍蝇还是被新鲜血肉吸引了过来，围着打转。待我回到镇子里的时候，起床号已然吹响。我没想到作法会花这么久的时间。萨拉·哈金森刚刚被牧羊人从床上拖起来，她发现那只头羊不见了，刚将头发塞进帽子里，便开始怒声大喝："总有一天，上帝之怒将降临到塞勒姆的居民身上，就像曾经降临在索多玛居民身上一样。同样，和索多玛一样，在塞勒姆也找不出十个义士能让它免于毁灭。全是贼，就是个贼窝！"

我装模作样地停下脚步，仿佛对她的话感同身受。她压低声音，将我拉进花园的一角："帮帮我，蒂图巴，找到那个害我的人，好好惩罚他！让那人的长子，如果有的话，身患天花之类的绝症而死。如果还没有儿子，就让他的妻子永远也生不出！你可以的，我知道。人们都说，世界上没有比你更厉害的女巫了！"

我直视着她的眼睛，带着刚被曼雅娅和母亲阿贝娜激发的傲气，一字一顿地说："最厉害的人通常不是人们嘴上传的那个。凭您的年纪和阅历，哈金森夫人，您应该知道'人们说'这三个字是不足为信的。"

她恶狠狠地笑道："你倒是挺能说会道的啊，女黑鬼！等你被绳子吊起来时，就不会想东想西了。"

我不由自主地打了个寒战，进了屋。

大家可能会惊讶，我怎么也怕死。可这就是我们这类人的矛盾之处。我们并非不死之身，所以，也有着同普通人一样的焦虑。和他们一样，我们也怕痛苦；和他们一样，我们也会害怕尘世生活结束的一天。就算我们知道，生死之门为我们敞开，我们可以以另一种方式存在，这方式甚至可以称得上永生，但是，我们依旧焦虑。为了让自己的心灵获得安宁，我只得一遍又一遍地重复曼雅娅对我说的话："所有人中，只有你能幸存！"

II

　　三名猎鹰一样的牧师在饭厅落座。一个来自
贝弗利教区，另外两个则来自塞勒姆市。他们朝着
壁炉中明亮热烈的火堆伸出瘦骨嶙峋的腿，将双手
放在火上烤着。待做完这一切，他们之中最年轻的
一个，塞缪尔·艾伦才抬眼看了看塞缪尔·帕里
斯，问道："孩子们在哪儿？"

　　塞缪尔·帕里斯答道："她们都在二楼等着。"

　　"都到齐了？"

　　塞缪尔·帕里斯点点头："我让她们的父母一

大早就把她们带到这儿来了。孩子的父母都在教会议事厅向我主祷告。"

三位牧师站了起来:"我们也一起祷告吧,落到我们头上的这项任务必须要有上帝的帮助才能完成。"

塞缪尔·帕里斯翻开圣经,用他所钟爱的浮夸的语调念道:

> 耶和华如此说,
>
> 天是我的座位,
>
> 地是我的脚凳。
>
> 你们要为我造何等的殿宇,
>
> 哪里是我安息的地方呢?
>
> 耶和华说,这一切都是我手所造的……

他像这样读了一会儿,然后合上书,说道:"以赛亚书,六十六章。"

来自贝弗利的爱德华·佩森下令:"让她们下来吧。"

不知道是不是因为过于匆忙，塞缪尔·帕里斯离开前带着异乎寻常的善意对我说道："要是你是清白的，就没什么好怕的！"

我本想用坚定不移的声音回答，可发出的声音却生硬发颤："我是清白的！"

孩子们已经进屋了。塞缪尔·帕里斯没说实话，来的只有贝齐、阿比盖尔和安妮·帕特南。我一下就明白了他的用意，他选的都是年龄最小的中邪者——人们这么叫她们——也是最惹人怜爱的几个小姑娘。为人父、为人夫者只会想着如何减轻她们的痛苦和折磨。

而我，除了自己以外，只想着如何让贝齐获得赦免。她面色苍白，眼中流露出深深的恐惧。而阿比盖尔和安妮，在我看来，她们的状态从来没有如此好过。前者尤甚，她活像一只狡猾的猫，盯着一群毫无抵抗之力的雀鸟，准备着一场盛宴。

虽然早就知道自己就是那个目标，那种感觉依旧难以言表。暴怒、嗜血、痛苦、痛苦尤甚。我就是那个用胸脯救活了毒蛇的傻子，心甘情愿地将自己的乳房送到她们那装着裂舌的三角嘴前。我真是瞎了眼！我就像一艘镶满珍珠的威尼斯商船，全身上下都被劫持自己的西班牙海盗用刀刃狠狠刮过一遍。

四位牧师中最年长的爱德华·佩森，皓首苍颜，开始了询问："我们很想帮助你们，不过还请告诉我们，是谁把你们变成这样的？"

为了让自己的话显得更有分量，她们装作犹豫了一会儿才说："是蒂图巴！"

思绪纷乱的我听到她们还念出了另外两个名字。我不明白，这两人怎么也被扯了进来："萨拉·古德！还有萨拉·奥斯本！"

自我们迁居塞勒姆以来，萨拉·古德、萨拉·奥斯本和我之间并没有过多的交集。我最多只是在多尔卡·古德经过窗前时，给过她一点儿苹果派或南瓜派，她总是一副没吃饱的样子。

三个男人如同猛禽一般冲入我的房间。他们全都戴着黑色的风帽，只露出两只眼睛，口中呼出的白气透出了布料。他们很快便将我的床围住。两人抓起我的胳膊，另一个则来捆我的腿，他捆得那么紧，疼得我大叫起来。其中一人开了口，我认出那是塞缪尔·帕里斯的声音："至少你没真的下地狱。对我们来说，打死你更省事，镇子里的人连眉毛都不会动一下，波士顿的大法官也不会管这等小事。要是你不听话，我们就这么干。要知道，蒂图巴，就你犯的罪，吊死你都嫌轻了。"

我结结巴巴地说道："你们想要我怎么样？"

其中一人坐在我的床边，俯身摸了我一下，一字一顿地说道："上庭的时候，承认这都是你做的。"

我喊道："这不可能！决不！"

我的嘴上挨了一巴掌，鲜血直流。

"承认这都是你的杰作，但不是你一个人完成的。你还要揭发你的同伙，古德、奥斯本和剩下的那些！"

"我没有什么同伙，我什么也没干！"

一个男人跨坐到我身上，狂风暴雨般的拳头

打在我的脸上。另一个则掀起我的裙子，用一根尖头木棍朝我身上最敏感的地方捅去，一边捅还一边嘲讽："干，快干，就当它是约翰·印第安的老二。"

当我被折磨得如同一摊烂泥之时，他们停了手，其中一人说道："你不是塞勒姆唯一一个反基督徒！听着，在法官面前，你要将他们的名字都交代出来！"

我开始明白他们想干什么了，奄奄一息地说道："你们的孩子不是已经告发了我那些所谓的同伙？你们还想让我交代什么？"

他们大笑起来："就像你说的，那都是童言，肯定远不止那些。我们很快就会去教她们不要避重就轻，你就是打头阵的那个！"

我摇头道："决不！决不！"

于是，他们又开始对我进行新一轮的折磨。我感觉那尖头木棍都快要捅到我的嗓子眼了。可我依然坚持着，嘶哑地叫道："决不！决不！"

他们商量了一阵。然后，门嘎吱一声，一个

温柔的声音响起："蒂图巴！"

是约翰·印第安。

那三个猛兽一般的男人将他推上前来："你快跟她说清楚，你看起来没她那么蠢！"

说完，他们就离开了，房间里只剩下痛苦的两个人和受辱的气味！

约翰·印第安一把抱住我，重回他的臂膀是多么幸福！他用手帕擦着我的伤口，拭去上面的血渍，然后将我的裙子抚平，遮住受辱的大腿。他的泪水滴到了我的肌肤上。

"吾妻，你受苦了！可你又在关键性的问题上犯傻了！重要的是，要活着呀！他们让你揭发，你就去揭发！只要他们高兴，揭发半个塞勒姆的居民又何妨？这又不是我们的家园，他们想毁了它，随他们好了，我们只要别被殃及就行！去揭发，他们让你揭发谁就揭发谁！"

我一把推开他："约翰·印第安，他们想让我认罪。可我没有罪！"

他耸了耸肩，又把我搂进怀里，哄小孩一样

地说："没罪？可在他们眼里，你就是有罪的，你永远都有罪！重要的是，你得活着，为了你，为了我……为了我们以后的孩子！"

"约翰·印第安，别提孩子，在这暗无天日的世界，我绝不会要孩子！"

他没有把这话当真，继续说道："去揭发吧，我受辱的妻子！假意顺从他们，为你复仇，为我复仇……和那个不朽的神一样，洗劫他们的山丘田地和财产珠宝。"

镇警察局的人，像猛禽一样逮捕了萨拉·古德、萨拉·奥斯本和我。哼，他们可没什么功绩值得吹嘘，因为我们三个完全没有反抗。萨拉·古德在被戴上手铐时，只是问了句："谁来照顾多尔卡呢？"

在场的普罗克特夫妇走上前去，满怀同情地说："安心去吧！我们来照顾她。"

一听这话，人们一片哗然，所有人都认为女巫的孩子不应该和正常的孩子们待在一起。有些人甚至觉得普罗克特夫妇和萨拉·古德之间大概有着什么说不清道不明的瓜葛，还有人想起他们的女佣玛丽·沃伦曾说过，伊丽莎白·普罗克特在橱柜里藏着几个扎着针的娃娃！警察局的人给我们戴上了沉重的手铐和脚镣，拖都拖不动，然后把我们押往伊普斯威奇监狱。

正值二月，一年中最冷的月份，严寒刺骨。人群挤在塞勒姆主道的两边目送我们离开，警察骑着马在前面走，我们则在泥泞不堪的冰面上跟着。这幅凄惨的画面中，竟响起了一阵鸟鸣。灰白的天空中，几只雀儿在枝头上嬉闹追逐。

我想起了约翰·印第安的话，此时此刻，我方才品出其中的智慧。我实在是太天真了，竟然认为只须喊冤就能证明自己的清白！我实在是太蠢了，竟然忘了对敌人仁慈便是对自己残忍！对，我要复仇！我要揭发，用他们赐予我的力量掀起狂风暴雨、惊涛骇浪！我要将树木连根拔起，将房屋和粮仓的脊梁扯个粉碎，像麦秆一样抛向苍穹。

他们想让我揭发谁？

注意了！我可不会仅仅满足于揭发这两个和我一起在泥泞里挣扎的倒霉女人。我要重拳出击，拿上层开刀！在这最悲惨的困境中，我竟体会到了权力的滋味！是的，约翰·印第安说得对。我时常窃想的复仇，现在终于可以实现了，还是他们主动给的机会！

伊普斯威奇监狱离塞勒姆镇大约有十英里，我们正好在天黑前抵达。监狱里塞满了各种类型的罪犯，杀人犯、小偷什么的无所不包。马萨诸塞州的土地和当地的海水一般滋润，养出的犯人也和水产一样丰富。一位一杯接着一杯喝着朗姆酒的红脸警察将我们的名字登记在册后，查了查身后的公示板。

"只剩一间牢房了，女巫们！正好留给你们开会，想怎么开怎么开！看来撒旦确实与你们同在啊！"

他的同伴们用责备的眼神看了他一眼：这种事情是能拿来开玩笑的吗？可喝高了的他根本没注意。

他们把我们三个硬塞进了那间牢房。我不得不忍受萨拉·古德那难闻的烟斗味，被吓得要死的萨拉·奥斯本则用悲切的声音不停地念着祷告。临近午夜之时，一声尖叫将我们惊醒："她抓着我，她抓着我！放开我，撒旦的心腹！"

是萨拉·奥斯本，她的双眼圆睁，凸出脸颊。她的话是在针对谁？当然是我！我转向萨拉·古德，本想让她为我们这位同伴的虚伪和大胆做证。她是不是准备用我来脱罪？可没想到，这位也开始尖叫，用她那猪一样的眼睛盯着我："她抓着我，她抓着我！放开我，撒旦的心腹！"

那位红脸警察，这时已经喝得肚子滚圆，用脚将我踢出了牢房，结束了这场喧闹。最后，他把我拴在走廊的一个挂钩上。

夜间刺骨的寒风从四处的缝隙中袭来。

Chapter *2* 第 二 章

我们在监狱里待了一个星期，等着塞勒姆法
院做好我们出庭的准备。在此期间，尽管不久前才
遭到挫折，约翰·印第安的规劝也言犹在耳，我还
是再次掉进了那虚假友谊的陷阱。看着我在走廊上
冻得瑟瑟发抖，流血不止，一个女人从她的囚室里
伸出手来拦住了一名警察："我这里的位置足够关
两个人，让这个可怜的女人进来吧。"

说这话的是个年轻女人，肯定不超过二十三岁，
长得很漂亮。她很不端庄地摘掉了帽子，露出一头

丰盈的秀发，黑如鸦羽，在一些人眼中，凭这一点就能定她的罪，让她受罚。她的眼睛也是黑色的，不是死水一般的灰黑色，也不是凶狠的墨绿色，而是那黑夜中的魅影。她从一个罐里取了点儿水，双膝跪地，仔细地擦拭着我脸上的肿块，一边擦，一边自言自语，仿佛并不期待得到任何回应："她这种肤色真棒！她能用它掩饰多少情绪啊！恐惧、焦虑、愤怒和厌恶！而我，我可做不到，任何一点儿情绪的变化都能从我的血流中反映出来！"

我制止了她在我脸上来回游走的手："夫人……"

"别叫我'夫人'。"

"我该怎么称呼您？"

"叫我赫斯特就行了！你的名字呢？"

"蒂图巴。"

"蒂图巴？"

她出神地重复了几遍。

"谁给你取的这个名字？"

"我父亲给我命的名。"

"你的父亲？"

她的嘴角扬起一丝带着愠怒的笑容："你居然用一个男人取的名字？"

这个问题出乎意料，我一时竟无言以对，过了一会儿，我答道："所有女人不都是这样吗？先随父姓，后随夫姓？"

她出了一会儿神，说道："我本以为有些社会能摆脱这种规矩，比如说你们的！"

这回轮到我深思了："也许，在我们的故土非洲是这样的吧。但是我们对非洲一无所知，她与我们已经没什么关系。"

她在狭窄的牢房里不停地踱来踱去，我这才发现她怀孕了。我尚处在震惊之中，她又走了过来，语气温柔地问道："我听他们叫你'女巫'，他们说你干什么了？"

这位陌生人的境遇激起了我的同情心，我决定向她解释一下："为什么你们这个社会……"

她一下就打断了我："这不是我的社会，我不是和你一样被驱逐，被关进这四面墙里了吗？"

我更正道："……这个社会，是不是赋予了'女巫'这个词一种邪恶的内涵？哪怕'女巫'——如果我们一定要用这个词的话——救死扶伤，安抚人心……"

她大笑着打断了我："看来，你没读过科顿·马瑟[1]！"

然后，她挺起胸膛，故作严肃地念道："女巫行的都是古怪邪恶之事，她们无法完成只有主的选民和使者方能施展的神迹。"

我也笑了起来，问道："这个科顿·马瑟是谁？"

她没有回答我的问题，反倒用双手捧起了我的脸："你不可能做坏事，蒂图巴！这点我很肯定，你太美了！就算所有人都指控你，我，我也相信你

---

1 科顿·马瑟（1663—1728），清教徒牧师、作家，发表了大量作品和宗教宣传小册子，在当时的宗教界具有重要的影响力，他树立了殖民地的道德基准，呼吁来自美洲的清教徒回归清教主义的神学本质。在审巫案中，马瑟支持将人定罪为巫师或女巫。——译者注

的清白！"

我激动得无以言表，大着胆子摸了摸她的脸，低声说道："你也是，你也很美，赫斯特！他们说你犯了什么罪？"

她很快答道："通奸！"

我满心忧虑地看着她，因为我知道这种指控在清教徒的眼里是多么严重。她继续说道："我在这里等死，那个在我肚子里种下这个孽种的家伙却在外面逍遥。"

我低声道："你怎么不去揭发他？"

她转了个圈："呵！你不懂复仇的乐趣！"

"复仇？我承认我没听懂！"

她极为激动地说道："就我俩的情况来看，相信我，我不是更该抱怨的那一个！至少，只要是个有良心的人，只要是上帝的子民都会这么想。"

我越听越迷惑。她应该看出来了，走到我的身边，和我一起坐在了脏兮兮的木板床上。

"要想对我的事情略知一二，恐怕我还得从头说起。"

她深吸了一口气，我专心致志地听着。

"我的祖父和外祖父是乘坐五月花号，就是第一艘抵达这个海岸的船，来到这里的激进分离主义派，他们的目的是建立一个真正的上帝王国。你知道，这种计划是多么危险。作为他们的后代，我也是按照严格的清规戒律培养长大的。这种教育培养了一大批牧师，他们读的都是西塞罗、老卡托、奥维德、维吉尔……"

我打断了她："我从没听过这些人！"

她抬眼望了望天："那你真是太幸运了！我非常不幸地出生在一个相信男女平等的家庭，在别人都在玩娃娃的时候，我爸爸却要我背这些经典作品！我说到哪儿了？啊，对！在我十六岁的时候，他们把我嫁给了一个牧师。他是我们家的一个旧识，已经丧偶三次，五个孩子也没保住。他有严重的口臭，每次他一压到我身上，我就幸运地晕了过去。尽管我全身上下都排斥这个人，却依旧给他生了四个孩子。好在，上帝将他们都带离了尘世。这是主的愿望，也是我的！我实在是无法去爱一个令我厌憎的男人的孩子。对你，蒂图巴，我毫无保留，我在怀孕期间喝的那些药剂偏方都为达成这样的结果助了一臂之力。"

我低声自语道："我也是，我也不得不杀死了自己的孩子！"

"幸运的是，大概一年前，他去日内瓦与其他的一些加尔文主义者商讨上帝选民的问题去了，也就是在那个时候……那个时候……"

她停了下来，我明白，尽管嘴上说得那么狠，她内心依然爱着那个肇事者。她继续说道："男性之美总带着一丝淫邪。蒂图巴，男人就不应该长得太英俊！两代痛斥肉欲的上帝选民竟生出了这么一个让人见之思淫的存在！我们一开始还打着讨论德国虔诚派的幌子见面，讨论着讨论着，就到床上去了。然后，我就沦落到了这步田地！"

她用手捧了捧肚子。我问道："之后会怎样？"

她耸了耸肩："我不知道！……我想，他们会等我丈夫回来之后再决定我的命运。"

我继续问道："你会面临什么惩罚？"

她站起身："人们倒不再会用石头去砸死通奸的女人了，我想应该会让她们在胸前佩戴一个红字吧！"

这回轮到我耸肩了："只是这样，那还好！"

不过，看到她脸上的表情时，我对自己的轻描淡写感到惭愧。这个人美心善的女人正忍受着极大的痛苦。这又是一个冤案！是不是这个世上所有的女人都逃不过此劫？我想方设法地让她重拾希望，鼓励她道："你不是还怀着孕？为了孩子，你也得好好活着。"

她坚定地摇摇头："她和我一起死了便一了百了。在我们第一次交谈的那天夜晚，我就已经做好了准备。你知道吗，她当时也在听我们讲话。她还踢了踢我的肚子，想引起我的注意呢。你知道她想要什么吗？她想让你给我们讲个故事！一个你家乡的故事！哄她开心一下吧，蒂图巴！"

我将头靠在那这个闷闷不乐的女人柔软的凸起上，以便嘴唇能尽量靠近躲在里面的小东西，然后开始讲故事。那个经久不衰的开场白立马点亮了这间愁云惨淡的牢笼："醒木一响？故事开讲！大伙儿都还醒着吗？"

"醒着呢！"

"如果大伙儿都醒着，就听听吧。听听这个故事，我的故事。很久很久以前，当魔鬼还穿着短裤，光着伤痕累累、骨节突出的膝盖时，在瓦加巴哈，一个位于尖顶山丘的小镇上，住着一个无父无母的孤女。一场飓风带走了她父母的棚屋，倒是奇迹般地放过了这个小女婴，她的摇篮漂浮在水上，如同摩西一样。她一直孤身一人，郁郁寡欢。直到有一天，当她像往常一样去教堂礼拜之时，看到不远处有个高大的黑人，穿着白色棉哔叽的衣裳，戴着系黑色织带的草帽。上帝啊，为什么女人不能没有男人？为什么？为什么？

"无父无母的我非要这个男人不可，否则就会死！

"你知道他是好是坏？是人是鬼？血管里是否流的是人血？也许他的身体里只有黏稠有毒的液体！

"无父无母的我非要这个男人不可，否则就

会死！

"好吧，如你所愿！

"就这样，为了那个穿棉哔叽的陌生人，女孩离开了她的棚屋，不再孤身一人。可慢慢地，她的生活变成了地狱。难道我们不能让自己的女儿们远离男人？"

察觉到我声音中的焦虑，赫斯特打断了我："你给我讲的是什么故事，蒂图巴？是你的故事吗？说吧，告诉我。"

有什么东西阻止了我和盘托出。

后来，赫斯特教我如何出庭做证。

和一个牧师的女儿聊聊撒旦，你肯定会收获颇丰！她从小就和它同桌吃饭。它经常趁房间没生火的时候，躺在她的被子上，用暗黄的眼珠盯着她。它能变成喵喵叫的黑猫，也能变成呱呱叫的青蛙，还能变成四处巡逻的灰鼠。

"好好吓唬吓唬他们，蒂图巴！他们既然付了钱，就给他们想要的！你就说，撒旦羊身鹰嘴，浑身披着黑色的长毛，腰部还系着一条蝎子头拼成的腰带。让他们发抖、哆嗦、昏厥！让他们随着它的魔笛狂舞！给她们讲讲女巫的聚会，她们都骑着扫帚而来，垂涎欲滴地等待就着血酒吃婴儿宴……"

我听完不禁哈哈大笑："瞧瞧，赫斯特，这简直荒唐透顶！"

"可是他们就吃这一套！别管那么多，就这么说！"

"你觉得我应该去揭发吗？"

她皱了皱眉："谁给过你这种建议？"

我没有回答。她突然变得严肃起来："揭发，揭发！你要是这么做了，就会和他们一样，内心变得肮脏无比！不过，若是有人指名道姓地害你，若是复仇能让你开心，你就去做吧！否则，只用布下一丝疑云，相信我，他们自然会去捕风捉影。然后你找准时机，喊一句：'啊，我看不见了！我瞎了！'这戏就成了！"

我咬牙切齿地说："哼！我要向萨拉·古德和萨拉·奥斯本复仇，她们莫名其妙地就去揭发了我！"

她大笑起来："这没问题！反正她们也丑得天理难容！来来来，我们再复习一遍刚学的东西。撒旦长什么样？别忘了，它的外形千变万化。所以，尽管人们一直到处搜寻它的踪迹，却始终抓不住它！有时候，它甚至会变成一个黑皮肤男人的样子……"

听到这里，我不禁担忧地问道："如果我这么说，他们会不会想到约翰·印第安？"

她恼怒地耸耸肩，她真是个暴脾气，这个赫斯特！

"别拿那个无关紧要的人来烦我！他比我的那个好不了多少。他现在不是应该和你同甘共苦吗？不管黑人白人，生活对这些男人够好了！"

我一直都避免和赫斯特谈论约翰·印第安，因为，我太知道她会说些什么了，我可不打算去听那些话。

不过，内心深处，我也知道她的话有几分道理。约翰·印第安的肤色给他带来的麻烦不及给我带来的一半。有几个外表装得无比虔诚的女人甚至会跑去找他聊天："约翰·印第安，大家都说你的歌唱得很好，而且不仅仅会唱诗！"

"我吗，夫人？"

"是啊，你在给英格索尔执事犁地的时候，有人看到你又唱又跳……"

想到这里，我的心中不免生出一股不那么公平的怨气！

不准备证词的时候，赫斯特和我就会谈些悄悄话。我真爱听她说话！

"我想写本书，不过嘛，女人是不能写作的！那些男人只会写些让人无聊至死的散文。有几个诗人倒还不错。你读过弥尔顿吗，蒂图巴？哦，我忘了，你不识字！《失乐园》，蒂图巴，真是精品中的精品！……是啊，我想写本书，描绘一个由女性统治和管理的社会。孩子们都冠母姓，我们独自养育他们……"

我打趣道："这些事我们的确不能都自己干！"

她怅然道："唉，确实！在某个时刻，必须要让那些讨厌的野兽参与才行……"

我笑道："也不能太短！我还想享受会儿呢！"

她大笑起来，抱住了我："你的爱欲过重，蒂图巴！看来我是无法把你变成一个女权主义者了！"

"女权主义者！那是什么？"

她紧紧搂住我，不住地吻着我："别说了！我以后再和你解释！"

以后？我们还有以后吗？

离我们被押回塞勒姆镇受审的日子越来越近了，会发生什么呢？

即便赫斯特反复地和我说，马萨诸塞州的一条法律规定，认罪的女巫会被赦免死刑，我依旧怕得要命。

有时，我的恐惧像母亲肚子里的胎儿，一会儿左转，一会儿右转，偶尔还会用脚踢个一两下。有时，它像一只凶残的野兽，用它的尖嘴撕碎我的肝脏。有时，它像一条蟒蛇，用它巨大的身躯卷缠着我，令我窒息。我听说，塞勒姆的教会议事厅被扩建了，不仅塞勒姆镇的居民，附近想参与这场狂欢盛典的村民也能容纳得下。我听说，他们在议事厅里竖起了一个台子，萨拉·古德、萨拉·奥斯本和我都会站在上面，供所有人观赏。我听说，法官已被任命，都来自殖民地最高法院，是以为人正直和信仰坚定闻名的约翰·哈索恩和乔纳森·科温。

我还有什么可指望的？

就算他们给我留下一条命，我还能用它干什么？约翰·印第安和我，难道还能摆脱被奴役的命运，坐上回巴巴多斯的船？

我重回她的怀抱，那个我本以为已经失去的岛屿。黄土依旧，青山仍翠，酱紫色的甘蔗还是那么甜美多汁。不过，岛上的男男女女仍在苦痛的深渊中挣扎。人们刚在金凤花树上吊死了一个黑人，火红的花朵与鲜血融为一体。唉，我忘了，奴役并未结束。到处都是割掉的耳朵、切掉的小腿、砍掉的手臂。我的身躯如同烟火一样在空中炸开，鲜血像五彩纸屑一般四处飘散！

当我沉浸于这种情绪中时，赫斯特便束手无策了，极尽安抚也无济于事，我什么都听不进去。到了这种时候，她就会强行将朗姆酒喂到我的嘴里，酒是某个警察给的，喝着喝着，我就会昏睡过去。曼雅娅和母亲阿贝娜便会出现在我的梦里，她们会温柔地反复安慰我："你为什么害怕？我们不是已经告诉过你，只有你能活下来！"

也许吧。但是活着和死亡一样可怕，尤其当自己与族人相隔千里之时。

虽然得到了赫斯特的友谊，监狱还是给我造成了不可磨灭的影响。这朵"文明"的恶之花所散发的气息让我中毒颇深，而且随着时间的推移越发严重。我再也不能以同样的方式呼吸，那么多罪行的味道始终萦绕于我的鼻尖：杀父弑母、奸淫掳掠、谋财害命，那样深重的苦难之息！

二月二十九日，我们走上了返回塞勒姆镇之路。整整一路，萨拉·古德都在对我诅咒辱骂。照她的说法，我的存在本身就足以对塞勒姆造成巨大的伤害。

"黑鬼，为什么你要从地狱里爬出来？"

我硬起心肠。对这个女人，我一定会毫不手软地复仇！

对蒂图巴·印第安的审讯

——蒂图巴，你和哪个恶灵缔结了契约？

——我没有。

——你为什么要折磨这些孩子？

——我没有折磨她们。

——那是谁在折磨她们呢？

——依我看，是魔王。

——你见过魔王吗？

——是魔王来找我的，他命令我服从他。

——你看到了谁？

——有四个女人会时不时去折磨孩子。

——她们是谁？

——我只认得萨拉·古德和萨拉·奥斯本，其他的我不认识。萨拉·古德和萨拉·奥斯本想让我也折磨这些小孩，但是我拒绝了。还有个来自波士顿的高大男人，块头很大。

——你是什么时候看到他们的？

——我在波士顿待的最后一天。

——他们和你说了什么？

——他们让我去折磨小孩。

——你照做了吗？

——没有。折磨小孩的是那个男人和那四个女人。然后，他们全都扑到我的身上，威胁我说，如果我不去折磨那些小孩，他们就来折磨我。

——所以，你听了他们的话啰？

——是的，但是我绝对不会再做这样的事了！

——你后悔了吗？

——是的！

——所以，你为什么要这样做？

——是他们让我去折磨小孩的，不然他们就折磨我。

——你看到了什么？

——一个男人，他让我听命于他。

——听什么命？

——折磨小孩！昨天晚上，有个幽灵还让我去杀了那些小孩，还说，如果我不听话，它就会继续折磨我。

——这个幽灵长什么样？

——有时候是只猪，有时候是条大狗。

——它和你说了些什么？

——一只黑犬让我听它的，我跟它

说我很害怕，可它说如果我不听话，就继续折磨我。

——你是怎么回答的？

——我说我不想干了。结果它说，它会继续折磨我。它像是个男人，威胁着要折磨我。这个男人身边有一只黄色的鸟。他还说，如果我听命行事，他可以给我很多好东西。

——什么样的好东西？

——他没有给我看。

——所以，你看到什么？

——两只老鼠，一只红色的，一只黑色的！

——它们和你说什么了？

——听它们的话。

——你什么时候看到它们的？

——昨天晚上，它们让我听它们的，但是我拒绝了。

——怎么听命？

——折磨小孩。

——你今天早上是不是刺了伊丽莎白·哈伯德一下？

——那个男人附在了我的身上，是他让我刺的。

——你昨天为什么要去托马斯·帕特南家？你是不是对他们家的孩子做了什么？

——是它们逼我的，它们非要我去。

——你去他家到底要干什么？

——用刀杀了她。

——你是怎么去到托马斯·帕特南家的？

——我骑着扫帚去的，它们和我一起。

——你是怎么穿过树林的？

——这不重要。[1]

---

1 这段节选来自蒂图巴的证词。原件存于埃塞克斯县档案馆。另有一份复印件存于马萨诸塞州塞勒姆埃塞克斯县法院。

——……

——……

　　审讯持续了好几个小时。我承认我不是个好演员。那么多张白色的脸孔在我的脚边晃动，如同海洋一般快要让我窒息溺毙。换了赫斯特，她肯定会比我做得好得多！她肯定会将这场审判变成她的主场，怒斥这个社会，诅咒那些原告。而我，我是真的被吓坏了。我在家里和牢房里想的那些豪言壮语，全都不见踪影。

——……

——……

　　——上周六，你是否看见那个叫古德的女人折磨伊丽莎白·哈伯德？

　　——这个，确实是我亲眼所见。她像一头狼一样地扑向了那个孩子。

　　——说回你看到的那个男人。他穿什么衣服？

——他穿了一身黑衣服。他很高大，
满头白发，好像。

——那个女人呢？

——那个女人？她穿了一条黑斗篷
和一条白斗篷，上面都打着结。她就是
这么穿的！

——你现在看到谁在折磨孩子们？

终于等到这句话了，我欣然吐出恶毒的谎言。

——我看到了萨拉·古德。

——就她一个？

突然，我不想再听命于塞缪尔·帕里斯，也不
再想继续诬陷无辜的人。我想起了赫斯特的建议，结
结巴巴地说："现在，我什么都看不到了！我瞎了！"

审讯结束后，塞缪尔·帕里斯来找我："说得
好，蒂图巴！你理解我们的意思了。"

我像痛恨他一样痛恨自己。

Chapter *4* 第四章 ————

　　我没能亲眼见证后来横扫塞勒姆的那场瘟疫，因为出庭之后，我就被锁在了英格索尔执事家的仓库中。

　　帕里斯夫人很快就后悔了。

　　她跑来看我，哭着说道："蒂图巴，他们对你这个世界上最好的人儿做了什么？"

　　我本想耸耸肩，但是全身上下被锁了个结实，只得开口："两周以前，您可不是这么说的！"

她哭得更大声了："我被利用了，被利用了！我现在明白这后面的阴谋了。是的，这都是帕里斯和他那些追随者的阴谋，为了玷污、破坏……"

我打断了她，因为，我对此毫不关心，可还是忍不住问了句："贝齐呢？"

她抬起了头："我没让她参与这场可怕的闹剧。我把她送到塞缪尔·帕里斯的一个教友斯蒂芬·休厄尔家去了，他住在塞勒姆市。他和塞缪尔不一样，他是个好人。我想，住在他那儿，我们的贝齐能很快康复起来。她走之前，还特意让我告诉你，她爱你，希望你能原谅她。"

我没有作声。

然后，帕里斯夫人和我说了镇子里发生的事情："我只能把这个事情比作一场起初没人在意的疾病，毕竟一开始，它只影响了身体上那些微不足道的地方……"

微不足道？

确实，我只是个女黑奴。确实，萨拉·古德是个骗子。哪怕她的一生多灾多难，也不应该衣冠不整地出现在教堂议事厅。而萨拉·奥斯本的确声名狼藉，成为寡妇没多久，就把在她家帮工的爱尔兰人拉上了床。但是，被人这么冷冰冰地说出来，我的心还是像被狠狠地打了一拳。

帕里斯夫人完全没有意识到自己这番话对我的伤害，继续说道："……然后，病魔很快蔓延到了四肢百骸，五脏六腑。先是腿不能动了，接着手也不行了。最后，心脏和大脑也未能幸免。连玛莎·科里和丽贝卡·纳斯都被抓了！"

我目瞪口呆。丽贝卡·纳斯夫人！这真是疯了！若想在尘世中找个上帝信徒的代表，她定是不二的人选！帕里斯夫人接着说："她倒是打动了哈索恩法官本人，第一次判决的结果是无罪。可是，这还不够，她又被送到了城里，准备接受第二次审判。"

她的眼里又泛起了泪花："我可怜的蒂图巴，真是太可怕了！如果你看到阿比盖尔和安妮·帕特南，尤其是安妮，是怎么在地上打滚诅咒，说这个可怜的老妇在折磨着她们，并祈求她放过她们的，你也会满心怀疑和恐惧！但是她，那么镇定，那么平静，一直在诵念大卫的诗：

> 耶和华是我的牧者，我必不至缺乏。
>
> 他使我躺卧在青草地上、领我在可安歇的水边。
>
> 他使我的灵魂苏醒。[1]"

听到塞勒姆被蹂躏到这步田地，我不禁为约翰·印第安捏了把汗。

事实上，被告们不是一直都在说有一个"黑人"逼着他们在他的巫术之书上签名？会不会有个坏心眼的人去指认那个人就是约翰·印第安？他会不会因此受到迫害？不过，我这些担心好像都是多余的。约翰·印第安很少会到这个让我痛苦呻吟的仓库来。就那几次数得出来的探访情况来看，他好像过得还挺好，吃得饱，穿得暖。他现在身上甚至

1　《圣经·诗篇》第二十三章第一节—第三节。——译者注

还穿着一条厚实的羊毛披风，能将他全身裹住，挡风御寒。我想起了赫斯特的话："不管是黑人白人，生活对这些男人够好了！"

一天，我拉着他问个不休，他不耐烦地说："你不用担心我！"

可我还是不放心，他只好说："我知道怎么与狼共舞！"

"你这话是什么意思？"

他突然变了脸，盯着我。我的天！我的男人，他怎么变了这么多！尽管并不勇敢，也不威猛，甚至算不上正派，但是他一直是个多情种啊！狡猾算计的神情使他完全变了样。他的眼睛斜乜着，里面跳跃着阴险狡诈的火焰。

我结结巴巴地又问了一遍："你这话是什么意思？"

"我的意思是，我敏感的夫人，我和你不一样！你认为只有阿比盖尔、安妮·帕特南和那几个小娘儿们会叫唤，会抽搐，会晕倒，会装模作样地、气喘吁吁地说什么'啊！别掐我，你弄疼我了！

放开我'吗？"

我一时没明白他的话，呆呆地看了他一会儿。突然，灵光一闪，我呢喃道："约翰·印第安！你，你也假装被折磨了吗？"

他点点头，自鸣得意地说："几天前，我可是大出风头！"

然后，他一会儿演自己，一会儿演法官，一会儿演围成半圈的女孩们，一人分饰几角地表演起当天的场景：

　　——约翰·印第安，是谁在折磨你？

　　——一开始是普罗克特夫人，然后是克罗伊斯夫人。

　　——她们对你做了什么？

　　——她们带来了巫术之书。

　　——约翰·印第安，说实话！到底是谁在折磨你？[1]

---

[1]　约翰·印第安的证词。来自埃塞克斯县档案馆。

——他怀疑我，那个法官，那个托
马斯·丹福思，他可从没这么怀疑过别
的什么人！该死的种族主义者！

我彻底崩溃了。太可耻了。不过，为什么呢？
为了活命，我不是也不得不撒了谎？约翰·印第安
的谎言难道就比我的更丑恶？

可是，就算我不断地提醒自己这点也无济于
事，从那一刻开始，我对约翰·印第安的感情便开
始发生变化。对我来说，他和刽子手们站在了一边。
谁知道呢？要是我被钉在了耻辱柱上，成了人们蔑
视和恐惧的对象，被千夫所指、万人唾骂之时，他
会不会也跟着喊："啊！是蒂图巴在折磨我！是的，
我的妻子，我的妻子是个女巫！"

不知约翰·印第安是察觉了我的感受或是出
于什么别的原因，他再也没来过。被押回伊普斯威
奇监狱前，我再也没见过他。

我又一次走在前往伊普斯威奇的路上。邻村托普斯菲尔德、贝弗利、林恩、莫尔登的居民都跑到路边来看。我被拴在高大健壮的赫里克骑兵的马鞍上，被马拖着走。人们不住地向我扔石头。光秃秃的枝丫如同木质十字架，我的受难没有尽头。

越往前走，难以忍受的深切痛苦越发撕扯着我的胸膛。

我仿佛已经彻底消失。

我感到，在塞勒姆这场罄竹难书、让后世着迷叹息、作为愚昧野蛮时代最可靠见证的女巫审判中，我的名字只会被归为无足轻重的那一栏。人们顶多会在这里或那里提一提那个"来自安的列斯群岛，会搞点儿'巫毒'的女奴"。他们既不会关心我的年龄，也不会关心我的性格。人们会彻底忽略我。

到 17 世纪末，请愿书肯定会满天飞，有人会被平反，名誉得以恢复，财产也会归还给他们的后人。而我，我一定不会是其中的一员。永世不得超生，蒂图巴！

不会，绝不会有传记讲述我这苦难的一生！

这未来会遭遇的不平等让我愤慨！这比死更残忍！

当我们到达伊普斯威奇时，正赶上他们用绳子处决一名女犯，我不知道她犯了什么罪，但是聚集于此的看客都在拍手称快。

进监狱后，我想到的第一件事就是请求他们把我和赫斯特关在一起。唉！她真是把约翰·印第安看透了！他不过就是个无情无爱、没羞没臊的可怜虫！我满眼泪水，只有赫斯特，只有她才能安抚。

可是那个嗜朗姆酒如命的狱警，头也不抬地说这是不可能的。我绝望地苦苦哀求："为什么，为什么，老爷？"

他停下了手中的龙飞凤舞，看着我说："这不可能，因为她已经不在了。"

我愣了一会儿，脑子里千头万绪：她是不是被赦免了？她的丈夫是不是从日内瓦回来了，然后想办法把她弄出去了？还是她被送到收容所去生孩子了？我不知道她怀孕几个月，或许已经到产期了？

我结结巴巴地说道："老爷，行行好，告诉我她怎么了？世上再也没有比她更好心的人了！"

那个狱警发出了一声感叹："好心？好吧！无论在你看来她有多好，她现在也已经下了地狱，因为她把自己吊死在牢房里了。"

"上吊！"

"是的，上吊！"

我尖叫着砸着自己母亲的肚子，用愤怒绝望的拳头不停地击打着她的羊水囊。在这深黑的液体中喘气、窒息，我想溺毙其中。

上吊？赫斯特，赫斯特！你为什么不等等我？

母亲，我们的痛苦难道没有尽头？如果是这样，我宁可永不出生。我要蜷缩在你的羊水中，不听、不闻、不看，变成你身上的一层。我要紧紧地吸附在肉膜上，让你永远不能将我挤出，我要和你一起重归大地，永不经历那白日的诅咒！母亲，帮帮我！

上吊？赫斯特，我要和你一起走！

多番讨论之后，我被他们送进了塞勒姆市的收容所。伊普斯威奇没有这种机构。一开始，我分不清白天与黑夜，只有没日没夜的痛苦。人们没有解开我身上的锁链，因为他们害怕。不是怕我自杀，这对所有人来说都是幸福的解脱，而是怕我一不小心发了狂，让哪个倒霉蛋遭殃。有个叫泽洛巴别尔的医生特意跑来给我看病，他是专门研究精神病的，希望能当上哈佛大学的教授。他建议人们拿我试验他的新药方："取给男婴哺乳的妇人的奶。割掉或划开猫的耳朵，将猫血滴进奶里，给病人服下。一日三次。"

也许是这药起效了。我从极度的焦躁不安变得昏昏沉沉，人们都觉得我快好了。我睁开了一直紧闭的双眼，恢复进食，可是，依旧不发一言。

由于我在收容所的治疗费用实在太高，而我又不属于需要支付这一费用的塞勒姆市，人们只得把我送回了监狱。里面全是我不认识的生面孔，仿佛赫斯特生前发生的所有事情都已在我记忆里清空。

一天早上，我也不知道是怎么的，突然能说

话了，记忆也恢复了。我开始打听身边发生的事情。萨拉·奥斯本死在了监狱里，我毫不伤心。

在那段日子里，自杀的念头一直缠着我。赫斯特给我树立了一个榜样，我应该跟随她的脚步。唉！可我实在是太懦弱了！

我不明就里地被人从伊普斯威奇监狱转到了塞勒姆市的监狱。距那次与塞缪尔·帕里斯一家一起经过此地之时已经过了很久。这个城给我留下了不错的印象。塞勒姆市位于由两条缓慢河流冲刷而成的狭长半岛，与波士顿互别苗头，港口也停满了船舶。不过那天，城里的建筑上似乎——也许是因为我的心情——都笼罩在一层惨淡萧瑟的阴云下。我们途径一座学校，前院里站着几个可怜的小男孩，他们被拴在墙角罚站，等着被老师教训。法庭街上矗立着一个庞然大物，建造所用的石料都是花大价钱从英国运来的，人们在那儿伸张正义。在它的连拱廊下，站着一大群男男女女，鸦雀无声。监狱本身是一座以木为梁、屋顶铺着干草的阴森建筑，大门上装着厚厚的铁板。

Chapter *5* 第五章 ————

我时常想起赫斯特的孩子，还有我的。那两个未能出生的孩子，为了他们好，我们拒不让刺眼和苦涩的阳光照在他们的身上。这两个孩子得到了我们的特赦，可矛盾的是，我对他们依旧充满怜悯。女孩还是男孩，有什么关系？为了他们，我又唱起了那支古老的民谣：

　　月石陨落，
　　沉没河中，

俯身打捞，
徒劳无功，
可怜之人，
徘徊踟蹰。

月石陨落，
孤坐河边，
悲叹垂泪。
萤石皎皎，
闪耀河床。
行猎之人，
带箭夜行。
途经此处，
出声问询。

丽人何悲？
吾宝陈塘。
何须悲叹，
吾解汝忧。

游侠潜水，

不复回归。

一想起赫斯特，我的心就一阵绞痛！

恶作剧般，一天早上，人们把一个小女孩塞进了我的牢房。一开始，我那因痛苦而浑浊的眼睛并没有认出她来。然后，记忆逐渐清晰。是多尔卡·古德！是那个四岁多的小多尔卡，以前，我总看着她躲在她母亲那脏兮兮的裙子后面，直到警察将她们分开。

那群小娘儿们也告发了她。人们便也给这无辜小姑娘的手臂、手腕和脚踝戴上了锁链。我一直都沉湎于自身的不幸，无暇顾及他人的痛苦。可这个小姑娘的眼神却让我热泪盈眶。她看着我，问道："你知道我妈妈在哪儿吗？"

我只得承认我并不知情。她是不是已经被处决了？监狱里的小道消息说，她又生了个孩子，一个男孩，恶魔之子，已经回到属于他的地狱。其他的，我就不知道了。

至此之后，尽管她的母亲曾经那般诬陷我，我也会为多尔卡唱起那首《月石陨落，沉没河中》。

Chapter *6* 第六章 —————

席卷塞勒姆的瘟疫很快蔓延到了其他村镇和城市。埃姆斯伯里、托普斯菲尔德、伊普斯威奇、安多弗……一个个都开始群魔乱舞。猎犬一样嗜血的警员们在乡间的大路小径里到处搜人，那群活像是有分身术的小丫头一直在不断地举报。听监狱里的流言，被抓的儿童数量之多，人们只得把他们都关进一个匆忙搭建的草棚木屋中。一到晚上，他们的哭喊之声让居民夜不成眠。人们把我从牢房里拉了出来，为的是让那些头顶配得上享有一片瓦的被告能有个地方安置。从那时起，我便被锁在牢房外的院子里看着囚车摇摆出发。一些人始终腰背笔直，仿佛在藐视对她们的判决。另一些人则恐惧地呻吟着，像孩子一样乞求人们多给她一天，哪怕一小时。我看着丽贝卡·纳斯被送往绞架山[1]，想起那次她用颤抖的声音问我："你不能帮我吗，蒂图巴？"

我多么后悔没有听她的，现在她的敌人们赢了。监狱的流言曾说，霍尔顿家的人因为心怀怨恨，故意将猪群放到她家。她靠在囚车的栏杆上，望着天空，仿佛在尝试理解这一切。

萨拉·古德也从我眼前经过。原来，她和自己女儿被关进了不同的监狱。她还是那副尖酸刻薄的模样。她像被缚在石柱上的困兽，盯着我，扔下一句："你知道吗，和你比起来，我的命更好！"

九月二十二日的行刑之后，我才回到牢房里。

身下的木板床仿佛是世界上最柔软的草垫。

1　塞勒姆审判期间的行刑之地。一说普罗克特岩（Proctor Ledge）才是真正的行刑地。——译者注

那天夜里，我梦到了曼雅娅。她戴着一条玉兰花做的项链。她又保证了一次："无论发生什么，你都能活下来。"而我则强忍着没说："又有什么用？"

我们头顶的时间在不断延伸。

奇怪的是，人就是不肯承认失败！

一些传奇故事开始在监狱里流传。人们都在说，丽贝卡·纳斯的孩子们在日落之时赶去乱葬岗为自己的母亲收尸时，发现刽子手扔下尸体的地方只剩下一枝香气四溢的白玫瑰。人们都在传，那个判了萨拉·古德死刑的法官诺伊斯不久前离奇地吐血身亡；人们都在讲，一种奇怪的疾病开始降临那些告发他人的家庭，大批人被送进了墓地；人们不停地说着、讲着，添油加醋。这些窃窃私语，如同海浪一般轻柔却绵延。

或许，就是这些语言支撑着这些男人、女人和儿童继续活下去，让他们能继续转动那生活的石轮。可是，第一个令大伙儿人心惶惶的事件终是发生了。尽管大家已经逐渐对死囚车习以为常，可吉勒斯·科里被石头活活压死的消息所引发的恐慌却非比寻常。我对吉勒斯·科里和他的夫人玛莎并没有多少好感，尤其是他的夫人，每次碰到我的时候，她总是不停地到处画十字。当听说吉勒斯指证她时，我也没有太激动。毕竟，我的约翰·印第安不是一样加入了控诉我的阵营？

但是听到这个老头，从原告变成了被告，躺在田地里，被法官用一块比一块沉重的石头压在胸前，让人不禁开始质疑这些执法之人的本性。撒旦在哪儿？是不是就藏在那些法官长袍的褶皱中？那些法学家或神职人员是不是都是他的喉舌？

人们说，吉勒斯从头到尾只开过口要求给他上更重的石头以求速死，缩短他的痛苦。很快，人们都开始自发吟唱：

> 科里，啊，科里，
>
> 为了你，石头不再沉重，
>
> 为了你，石头轻如鸿毛。

第二件事比第一件事更为恐怖。乔治·伯勒斯被抓了。我之前说过，乔治·伯勒斯是塞缪尔·帕里斯的前任。和塞缪尔·帕里斯一样，在让居民履行合同这一点上，他也遇到了巨大的麻烦。就是他的某一任夫人死在了我们现在的房子里。当听说一位献身上帝的人也被控告是撒旦的宠儿，监狱里不禁一片哗然。

上帝，为了这位上帝的爱，他们离开英国，舍弃了自己的牧场田庄，可他却背弃了他们。

到了十月初的时候，我们听说殖民地总督菲普斯已向伦敦去信，询问女巫审判事件的后续处理意见。很快，我们又听说重罪巡回法庭将停止，人们将组织一个新的法庭，减少其成员与那些原告的亲属之间合谋的可能性。

我必须要说，这些都与我毫无关系。我早就知道，自己已被判了无期徒刑！

Chapter *7* 第七章

　　我希望今后的世代能生活在福利国家，关心人民疾苦的国家。

　　在 1692 年，这个故事发生的时候，这个国家完全和福利二字沾不上边。无论在监狱还是收容所，我们都不是国家的客人。所有的人，无论有罪没罪，都要付钱，铁链也要收费。

　　一般来说，被告都是些有钱人，都是交得起担保金的地主或农场主。所以，他们能毫无困难地履行殖民地的规定。塞缪尔·帕里斯一早就宣布他一个子儿也不会花在我身上，警长倒也很快找到了回收他损失的方法。他决定让我去厨房干活。

腐烂变质的食物对囚犯来说也是珍馐佳肴。推入监狱院子里的小车上堆着的蔬菜所散发的气味让人丝毫不会期待它们的品质。发黑的卷心菜、发绿的胡萝卜、浑身发芽的红薯、从印第安人手里半价收购的虫蛀玉米须。每周只有在安息日那天，才会给关押之人一点儿用一根牛骨头配几十升水煮出来的汤和几片苹果干。我准备着这点儿食材，不禁回忆起从前的食谱。做饭有个好处，精神可以完全放空，让富有创意的双手自行发挥即可。我将这堆腐败变质的食物全部剁碎，用一束意外在石缝间生长出来的薄荷进行调味，还从一堆发臭的洋葱中挑了一些能用的出来加了进去。我很善于将这些做成糕点，尽管口感有点儿硬，却丝毫不影响它的美味。

名声是怎么建立的？呵，出人意料！人们很快把我划到了好厨娘的阵营。后来，一些人家婚嫁宴请也会请我去帮忙。

我成了穿梭于塞勒姆街道上的一道熟悉的身影，出入于酒店或私人住宅的后门。当听到镣铐的声音，女人和小孩都会跑出来站在门边看我。我倒是很少听到讽刺或辱骂的声音。大部分时间，我都是一个受人怜悯的对象。

我经常趁机走到海边去，那里帆樯如云，遮天蔽海。

是海洋让我痊愈的。

她那潮湿的大手抚摸着我的额头；她那蒸腾的水汽充斥我的鼻腔；她那发苦的药汁沾湿我的嘴唇。一块块地，我重建自己；一点点地，我重拾希望。寄希望于什么？我还不是很清楚。但是一丝轻柔稀薄如同晨曦的希望重新在我身上生起。从监狱的流言中，我得知约翰·印第安成了那些控告者的前锋，他为那些中邪的女孩伴舞，和她们一起叫喊、一起抽搐，比她们控诉得更大声、更起劲。在伊普斯威奇桥上，就是他，比安妮·帕特南和阿比盖尔更早地发现一个衣衫褴褛的女乞丐是女巫。人们还说，也是他让人相信那些被定罪的人头上的云就是撒旦的化身。

我听到这些会不会难过？

1693 年，总督菲普斯，在征得伦敦的同意后，宣布大赦，监狱的大门向塞勒姆的被告们打开了。父子团圆，夫妻团聚，母女相见。而我，我什么也没有。这个大赦什么也没改变。没人关心我的命运。

警长诺伊斯跑来找我："你知道你欠殖民地政府多少钱吗？"

我耸耸肩："我怎么可能知道？"

"都记着呢！"他翻着一本书，"你看，就在这儿！在牢里待了十七个月，每周两先令六便士。谁来付这笔账？"

我做了一个不知道的手势，反问道："该怎么办？"

他嘟嘟囔囔地说："找人给你付了这笔钱，你再去给他当用人呗！"

我哈哈大笑，没有一丝喜悦："谁会买一个女巫？"

他露出了一个讽刺的笑容："总有钱多得烧

得慌的人。你知道现在一个黑鬼能卖多少钱？二十五镑！"

我们的交谈到此为止。不过，我的命运已定：新的主人，新的奴役。

我开始怀疑曼雅娅的信仰基石：人生是一份馈赠。只有当人们能选择自己的出身时，人生方才是一份馈赠。否则，被种在一个不幸、自私，一个因为自己的挫折而向所有人复仇的女人体内，身为被剥削，被羞辱，被人强加姓名、语言和信仰的人群中的一员，是多么痛苦！

要是必须转世为人，我一定要成为征服铁骑中的一员！自从和诺伊斯谈完话后，每天都有一群陌生人来打量我。他们会检查我的牙齿和牙床，摸摸我的肚子和胸脯，撩起我的破衣烂衫看看我的腿。然后，他们会撇撇嘴："她也太瘦了！"

"你说她才二十五岁？可看起来得有四十多了！"

"我不喜欢她的肤色！"

某个下午，我在一个男人的眼中看到了一丝怜悯。老天爷呀，那是怎样一个男人啊！身材矮小，驼背鸡胸，背上的隆起和左肩平齐，面色发紫，满脸红棕色的络腮胡子，还蓄着须。诺伊斯轻蔑地低声对我说："这是个犹太佬，人人都说他是个大富商，买得起整船的乌木；这会儿居然跑来买个该上绞架的玩意儿。"

我压根儿没在意他言语中对我的侮辱。商人？也许和安的列斯群岛有生意往来？可能还去过巴巴多斯？

想到这里，我看向那个犹太人的眼神立马变得神采奕奕，他那丑陋不堪的外表也变得顺眼迷人起来。他难道就是我梦想的化身？

我眼中流露的希冀和渴望兴许让他产生了误解，他转过身，一瘸一拐地走开了。此时，我才发现，他的右腿比左腿要短。

黑夜，黑夜，黑夜远比白昼美好！黑夜是梦想的摇篮！黑夜是过去与现实、生者与亡者的交汇之地！

现在牢房里只剩下可怜的萨拉·达斯顿，她太老、太穷，应该会在这四面墙中度过余生，等着新主人玛丽·沃特金斯和没人想要的我。我集中精神向曼雅娅和母亲阿贝娜祈祷，希望她们俩的力量能让这个商人买下我，从他的眼神中，我知道他是了解痛苦之国的；希望我们能以某种方式同舟共济。

巴巴多斯！

在我得病的那段日子，无论是疯癫还是痴傻之时，我压根儿没想过我的故土。可神志刚一恢复，对它的思念便与日俱增。

可是，我得到的消息却不是很乐观。痛苦和羞辱已经在那里安营扎寨。低贱的黑人只能不停地转动那不幸的齿轮。和甘蔗一起进入压榨机里的还有前臂，吾辈之血染红了那甜蜜的糖浆！

不止如此！

每天，巴巴多斯周边都有新的岛屿沦为白人的桌上餐。我还听说，现在在南美洲的殖民地上，吾辈之手还需纺织长长的棉质寿衣。

这天晚上，我做了个梦。

我的船正在靠岸，急切之心已扬起了帆。站

在码头上，我看着涂着柏油的船身破浪而来，桅杆下站着一个无法言传的身影。可我知道，这个身影带来了幸福喜悦。何时我才能获得这份短暂的幸福？这，我就无从知晓了。我只知道命运是位老者。他缓步慢行，驻足喘息，前行，再停。他只按自己的时刻表行事。尽管如此，我心中依旧确信，最黑暗的时刻已然过去，很快，我将能自由地呼吸。

这天晚上，赫斯特也来与我同眠，她偶尔会这么做。我将自己的脑袋靠在她那宛如沉静睡莲的脸颊上，紧紧地依偎着她。

渐渐地，我感到一阵欢愉，这让我大感意外。抱着和自己相似的躯体也能获得快感吗？对我来说，欢愉向来都来自另一具与我构造不同的躯体，峰峦峡谷，凹凸契合。赫斯特是想向我指明另一条通向欢愉之路吗？

三天后，诺伊斯打开了我的牢房。在他身后，从他身影中走出的那个犹太人，越发显得足跛须红。诺伊斯将我推到了监狱的院子里，那里，一个戴着皮围裙的粗壮铁匠毫不客气地用木砧分开了我的双腿。令人畏惧的熟练一击之后，我的脚镣便四散飞去。当他用同样的方法砸碎我的手铐之时，我放声大叫起来。

我放声大叫，好像这么多个星期以来在我身体里凝结的血液又开始重新流动，在肌肤下如针穿梭，似火奔腾。

我放声大叫，宛如受惊的新生儿，昭示自己重回这个世界。我得重新学着走路。没有了锁链，我就像个喝了劣酒的妇人，走路都颤颤巍巍。我得重新学着说话，和我的同类交流，不能再含糊其词。我得重新学会在说话时平视他人的眼睛。我得重新打理自己的头发，它们就像在头顶张牙舞爪的蛇群。我还得给我那干燥皲裂得像未曾鞣制的皮革一样的皮肤涂脂抹膏。

很少有人这么倒霉地需要再活一次。

Chapter *8* 第 八 章 ————

本雅明·科恩·德阿塞韦多,那个刚买下我的犹太人,在百日咳大爆发时失去了妻子和最小的几个孩子。不过,他仍有五个女儿和四个儿子,这也是为什么他急需得到一位女性的帮助。由于不打算再婚,这也是殖民地的男人们在丧偶后的惯例,他便想着买一个女奴来打理这些。

于是,我现在就得应付十来个高矮不一的小鬼头。他们中有些人的头发和雀尾一样乌黑,另一些的则和他们的父亲一样火红,不过他们都不会说英语。事实上，本雅明的家族起源于波兰，在宗教迫害期间避难到了荷兰。其中的一支辗转到了巴西，说得更准确点儿的话，他们到了累西腓[1]。不过这一次，他们又不得不再次避难，因为这个城市后来又重新落入了葡萄牙人之手。在此之后，这一支又一分为二，其中一部分在库拉索[2]定居，另一部分则前往美洲殖民地碰运气。由于不懂英语，只懂希伯来文和葡萄牙语的这家人除了自家的麻烦和犹太人的苦难以外，对其他的事情毫不关心。我都怀疑本雅明·科恩·德阿塞韦多是不是根本就没听过塞勒姆的女巫审判，他走进监狱的时候很可能对此毫不知情。无论如何，当他知道这个悲惨的事件后，也将其算到了那些被他称为异教徒的人头上，在他看来，这些人暴虐成性，而我则完全没罪。从某种意义上来说，我不可能遇到更好的人了。

本雅明·科恩·德阿塞韦多家仅有的客人就

1　位于巴西东北部，起初为葡萄牙人的殖民地，后被荷兰短暂占领，1654 年又重回葡萄牙人之手。——译者注

2　位于加勒比海南部，靠近委内瑞拉西北海岸。——译者注

是十来个会在周六偷偷跑来造访的犹太人，他们是来和他一起做安息日礼拜的。我听说他们曾请求造一间犹太教堂，但是被拒绝了。于是这些人只能全部挤在这间大屋的一个小房间里，对着一个点着七支蜡烛的烛台，用单调的声音念着一串神秘的经文。礼拜的前一天晚上是绝不能点蜡烛的，孩子们无论吃饭、洗漱还是就寝，都得在伸手不见五指的黑暗中进行。

本雅明·科恩·德阿塞韦多与科恩、莱维或弗拉泽家族一直有书信或生意往来，这几家人都住在纽约（他们还是坚称它为新阿姆斯特丹！）或罗德岛。他靠着烟草生意赚了很多钱，还拥有两艘海船，他的合伙人是他的教友和至交犹大·莫尼斯。这个人，虽然腰穿万贯，却毫不虚荣，穿的都是用来自纽约的布匹自己做的衣服，吃的就是不加盐和酵母的面包。我去他家的第二天，他给了我一个小小的平底玻璃瓶，用嘶哑的声音对我说："这是我那已故的阿比盖尔[1]调配的。这药很厉害，肯定能让你恢复健康。"

说完，他就移开了低垂的视线，仿佛对自己的好心感到羞愧一般。同一天，他还给了我几件用深色布料裁剪的衣服，衣服的样式十分别致。

"给，这都是我家阿比盖尔的衣服，我知道，无论她现在身处何方，她都会很高兴让你穿上这些衣服的。"

正是这位已故之人将我们推到了一起。

靠着一些不起眼的善意、举手之劳和小恩小惠，她在我们之间织起了一张网。本雅明会时不时切一个来自海岛的橙子分给他的长女梅塔赫贝尔和我吃，偶尔还会让我和他的朋友们一起分享热的波尔图红酒。当我所住的顶楼在夜间过于寒冷时，他还会往我的肩上扔一条被子让我御寒。我呢，我则会细心地为他熨烫那些粗布衣服，认真刷洗和浸染

---

1 由此以后的"阿比盖尔"与前文的阿比盖尔同名，在原著中皆为 Abigail，但非同一个人。——编者注

他那件穿到变色发绿的斗篷，用蜂蜜给他的牛奶提味。在他妻子的周年祭那天，看到他那么伤心欲绝，我实在是不忍心，慢步轻声地走到他身边，说道："你知道吗，死亡之门其实一直是敞开的。"

他看着我，一脸的不可置信。

我壮起胆子，低声说："你想不想和她说话？"

他的眼神变得激动异常。

我叮嘱他道："今晚，等孩子们都睡了，我在苹果园等你。去你那个做索海特[1]的朋友那儿带一只羊来，如果没有的话，一只鸡也行。"

我承认，尽管表现得很有信心，我其实也拿不准。我太久没有施法了！在那拥挤不堪的监狱里，和一群不幸的狱友关在一起的我身边没有任何可供施法的天然材料。除了在梦里，我一直都没能和那些看不见的朋友交流。赫斯特来得勤一些，曼雅娅、母亲阿贝娜和亚奥则少得多。不过，阿

---

[1] 犹太教的礼定屠夫。经过严格训练的，并从犹太教拉比那里取得了授权证书，专门屠宰牲畜和禽类用以饮食的人士。——译者注

比盖尔也许无须跋山涉水前来。我想她不会离得太远，她肯定舍不得自己的丈夫和挚爱的孩子们！几句祷词和一点儿牺牲就应该能让她现身了。如此一来，本雅明那颗伤痕累累的心也能得到些许慰藉。

十点左右，本雅明来了，我在一棵花枝繁茂的树下等着他。他牵着一只浑身雪白、眼神温顺的羊。我已经开始祈祷，等着昏昏沉沉的月亮扮演它在仪式中的角色。到了关键时刻，我突然有些畏惧，一双温柔的嘴唇吻了吻我的颈项，我知道，是赫斯特给我打气来了。

鲜血染红了大地，令人反胃。

过了许久，一个身影向我们飘了过来，那是一个娇小的女人，面色苍白，黑发如漆。本雅明跪倒在地。

我走开几步，让他们单独相处，说点儿悄悄话。夫妻俩谈了很久。

自此之后，我每周都会让本雅明·科恩·德阿塞韦多与他牵挂的亡妻见面。一般都在周日晚上，等到那些来家里交流各地犹太人情况的朋友一起唱过他们圣书中的诗篇，相继离去之后进行。本雅明和阿比盖尔谈的，我想，大概是他们家的生意，孩子们的教育，还有孩子们惹的一些麻烦，尤其是幼子摩西，他竟然和异教徒往来频繁，甚至还想学他们的语言。不过，这些都是我想的，毕竟他们之间是用希伯来语进行交流的。这个语言低沉的音调听着总让我有点儿焦虑。

一个月后，本雅明问我能不能让他的女儿梅塔赫贝尔也参与进来。

"你应该能想象得到，她母亲的死对她意味着什么。她们之间也就差十七岁，梅塔赫贝尔与她更像是姐妹。最近这段时间，我甚至分不清她们谁是谁。她们有着相同的笑容，有着同样盘在头上的褐色发髻，连那苍白肌肤所散发的气味都相同！蒂图巴，偶尔，我甚至会怀疑上帝，他怎么忍心让一个孩子和她的母亲分离！怀疑上帝！你看，我并不是一个多么虔诚的犹太人！"

这让我怎么忍心拒绝他？

更不用说，梅塔赫贝尔还是这群孩子中我最

喜欢的一个。她是那么温柔，让人很是担心生活这个任性无脑的悍妇会把她变成什么模样。出于对他人的关心，她偶尔会用英语对我说："为什么你的眼中藏着那么多阴霾，蒂图巴？你在想什么？是你那些被奴役的族人吗？你要知道，上帝会祝福受苦的人，他也会这样对待你的族人的。"

可对我来说，这种信仰宣言并不足以让我宽心，我摇头说道："梅塔赫贝尔，还没到受害者们转换阵营的时候吗？"

从那时起，便是我们三人一起冒着严寒在花园里等着阿比盖尔现身。一般都是夫妻两个人先聊，然后女儿再上前。母女俩会单独待一会儿。

为什么无论一开始多么纯洁的男女之情最后都会以上床而告终？我真的十分不解。

本雅明·科恩·德阿塞韦多和我，一个对已逝之人念念不忘，一个对负心汉恋恋不舍，是怎么走上安抚、相拥、交欢之路的呢？

第一次之后，他显得比我还要惊讶。他本以

为自己的性器已丧失了功能，当发现它还能欲火偾张、肿胀变硬之时，他也很是意外。他又惊又愧，毕竟他还曾告诫自己的儿子们不要犯色欲。他放开了我，口中不住地忏悔道歉，可很快，这歉意就被新一轮的欲火所淹没。

自此之后，我的身份变得相当微妙，既是女仆又是情妇。白天我忙得不可开交，既要梳理羊毛，又要纺织，还要叫孩子们起床，为他们穿衣；再来就是换洗烫染，缝补衣物被褥，给鞋换底；还得剪烛拨灯，喂养牲畜，打扫房屋。出于宗教原因，我不用做饭，这事归梅塔赫贝尔管。我其实倒舍不得让她把大好年华用在做这些家务活上。

晚上，本雅明·科恩·德阿塞韦多会到我住的阁楼来与我私会，和我一起睡在那个有着铜支架的床上。我必须承认，当他脱掉衣服，露出蜡黄、残疾的身体时，我便会不自觉地想起约翰·印第安那矫健黝黑的身躯。一思及此，我便一阵心酸，强忍着眼泪。但这情绪并没有持续多久，我那外表畸形的情人很快便让我沉溺于欢愉的海洋。不过，最甜蜜的时光莫过于我们俩谈心的时候。我们会谈我们，只谈我们。

"蒂图巴，你知道身为犹太人意味着什么吗？法国的墨洛温王朝从 629 年开始便勒令我们离开他们的领土。教皇英诺森三世召开的第四次拉特朗公会议后，犹太人必须在衣服上佩戴一个圆形标志，还得戴上帽子。狮心理查在十字军东征前也对犹太人发动了总攻。你知道有多少犹太人死在了宗教裁判所吗？"

我也不甘落后，反问他道："那我们呢，你知道自非洲海岸算起，我有多少同胞流血死亡？"

他没有回答，继续说道："1298 年，罗廷根市的犹太人被屠戮殆尽，这场屠杀还蔓延到了巴伐利亚州和奥地利……1336 年，莱茵河至波西米亚，一直到摩拉维亚的土地上都洒满了我们的鲜血！"

他次次都占上风。

一天晚上，我们扯得太远了，本雅明居然含情脉脉地低声问道："你的眼底总有一片阴霾，蒂图巴。我做什么才能让你开心起来？"

"放我自由！"

想收回这句话已经来不及了。他震惊地看看我："自由？你要自由干什么？"

"我会坐上一艘船，回到我的巴巴多斯。"

他沉下脸，那表情让我非常陌生："决不，决不！你听好了，要是你走了，我就会再次失去她。再也不准和我提这话！"

我们再也没有谈过这个话题。枕边絮语和梦话一样，说过就忘。

习惯成自然。我逐渐被这个犹太家庭所同化。我开始热心于打听入籍的逸事，也会恼怒某个在入籍问题上表现得过分苛刻的总督。我开始关心犹太教堂的修建，也认为罗杰·威廉斯 [1] 的思想自由先进，是犹太人真正的朋友。我甚至变得和科恩·德阿塞韦多家族的人一样，将世界上的人分为两派：犹太人的朋友和其他人，也开始计算犹太人在新世

1　罗杰·威廉斯（1603—1683），新英格兰的英国殖民者，罗德岛殖民地的奠基人，宗教自由的先驱。——译者注

界立足的机会到底有多大。

不过，一天下午，我终于回归了自我。那天，我将一篮苹果干送到雅各布·马库斯家去，他的夫人刚生下他们的第四个女儿。回程穿过前街的时候，因为天气很冷，风很大，我走得很急。突然，我听到有人喊了我一声："蒂图巴！"

一个年轻的女黑人站在我的面前，一开始，我完全想不起那张脸是谁。在那个时候，无论在塞勒姆市、波士顿，还是整个海湾殖民地，到处都是干着脏活、苦活的黑奴。大家对于黑人的存在已经习以为常。

看出我的踟蹰，年轻女子喊道："是我，玛丽·布莱克！你不记得我了吗？"

我想起来了。

玛丽·布莱克曾是纳撒尼尔·帕特南的奴隶。她和我一样，被那群坏丫头诬告为女巫，关进了波士顿的监狱，之后的事情我就不清楚了。

"玛丽！"

猛地一下子，过去的苦难和羞辱全都涌上心

头。我们相拥而泣。然后，她向我的耳里灌了很多新闻："嘿！现在他们的阴谋诡计都穿帮了。那些丫头是受了他们父母的唆使，为了土地、钱和以往的那些恩恩怨怨。现在，风向变了，大家都想把塞缪尔·帕里斯赶出镇子，可他居然赖着不走，还厚着脸皮要求大家支付拖欠的工资和取暖的木材。你知不知道，他的妻子生了个男孩？"

对于这些事情，我一个字也不想听，于是打断了她："你呢，你怎么样？"

她耸耸肩："我还在纳撒尼尔·帕特南家。普利斯总督公布大赦之后，他把我接了回来。他现在对他的堂兄弟托马斯很不满意！你知道吗，格里格斯医生现在口口声声说玛丽·帕特南和她的女儿安妮的脑子不太清楚。"

已经太迟了，太迟了！真相总是来得太晚，永远没有谎言的速度快，总是踏着它那缓慢而庄重的步子前行！有个问题在我嘴边，可我却踟蹰着没有问。最后，我还是忍不住了："约翰·印第安，他怎么样了？"

她迟疑着没有回答，我又更大声地问了一遍。她只是简单答了句："他已经不在镇上了。"

我吃了一惊，问道："那他现在在哪儿？"

"在托普斯菲尔德。"

托普斯菲尔德？我一把抓住了可怜玛丽的胳膊，完全没有意识到自己的手已经勒进了她的肌肤。

"玛丽，看在上帝的分儿上，告诉我他怎么样了？他在托普斯菲尔德干什么？"

她终是抵不过我的询问，直视着我说道："你还记得萨拉·波特夫人吗？"

不比对其他人的印象更深！记忆中，那是个在教友会上从不将眼睛移开圣经的干瘦女人。

"嗯，他一开始给她干活，等到她的丈夫不小心从屋顶上掉下来摔死之后，就爬上了她的床。这一下可惹了众怒，他们不得不离开了村子。"

可能是我的表情太难看了，她赶忙加了句安慰的话："听说他们完全处不来。"后面的话我一个字也没听进去。就在我觉得自己快要疯了的时候，赫斯特的话突然闪现在我的脑海："不管是黑人白人，生活对这些男人够好了！"

这该下地狱的！我在这里做牛做马，而我的男人却穿金戴银，神气活现地丈量着新收的土地、清点着自己的财产。那个姓波特的女人可是相当有钱哪！我现在都想起来了！她和那个死掉的波特是村子里的纳税大户。

我加快了脚步，风吹得更急了。我将自己缩进了本雅明·科恩给的衣服里，衣服上还残留着已逝之人那沁人心脾的香气。

我继续加快脚步。我知道，自己只剩下一个避难所了，就是那间位于埃塞克斯街上的屋子。

等我回到那里的时候，刚好是晚祷的时间。孩子们围着他们的父亲，念着一段现在对我来说已经非常熟悉的祷词："听着，啊——以色列人，上主是我们的上帝，上主是唯一的主。"

我跑回了顶楼，任由痛苦将自己淹没。

不过，这痛苦，和其他的痛苦一样，也消失了。平复之后，我又在本雅明·科恩·德阿塞韦多家过了四个月平静，甚至可以说是幸福的日子。

晚上，他经常对我呢喃："我们的上帝不论种族和肤色。你要是想的话，也可以成为我们的一员，和我们一起祈祷。"

我笑问道："你的上帝会接受一个女巫吗？"

他亲吻着我的手，说道："蒂图巴，你是我心爱的女巫！"

可是偶尔，焦虑也会席卷重来。我知道，厄运不会放过我的。我知道它对某一类人的偏好。我等着呢。

我等着呢。

Chapter **10** 第十章

从本雅明·科恩·德阿塞韦多家和另两个犹太家庭大门门柱上的圣卷被人扯下，换成黑色颜料所画的淫秽图像之时起，厄运便开始接连不断。

犹太人对迫害的敏感让本雅明很快见微知著。他马上数了数孩子，将他们像温驯的羊群一样赶进了屋。我花了好久才找到摩西，找到他时，他正和码头上的小鬼们玩耍，扣在浓密红发上的亚莫克便帽已经歪歪斜斜。第二天是安息日。同往常一样，莱维家的五名成员和马库斯家的三名成员——丽贝卡，雅各布的妻子还在坐月子——悄悄地跑到本雅明家来做礼拜。他们那比往常稍显慌乱的祈祷声刚刚响起，一连串的石头便开始攻击大门和窗户。

已一无所有，没什么可以失去的我毫不犹豫地冲出了屋子，看到一小撮穿着那倒霉清教徒服装的男男女女站在离屋子几米之遥的地方。怒不可遏的我大步朝着这群袭击者走去。一个男人大发雷霆："那些统治我们的人到底在想什么？我们难道是为了和黑人与犹太人为伍才离开英国的吗？"

石头雨点一般地打在我的身上。我继续前行，在怒火的驱动下，腿脚变得格外敏捷。

突然，一个人大叫道："你们还没认出她吗？她是蒂图巴，塞勒姆的女巫之一！"

雨点变成了暴风雨。天色暗了下来。我觉得自己宛如蒂·让[1]一般，仅凭自己的意志，便能移山填海、扭转乾坤。我也不知道这场仗打了多久。

1　加勒比传奇中的人物，凭借自己的不屈、勇气和信仰徒手打败了强大的恶魔。——译者注

到了傍晚，我已筋疲力尽，浑身是伤。梅塔赫贝尔边哭边为我换额头上的绷带。

晚上，我做了个梦。我想进入一座森林，可树丛联合起来拦着我，树梢上掉下的黑色藤蔓将我缠绕捆绑。我猛地睁开双眼：整个房间浓烟弥漫。

慌乱中，我连忙叫醒本雅明·科恩·德阿塞韦多，他执意留在我这儿守夜，为我包扎伤口。他立马站了起来，颤声道："孩子们！"

为时已晚。有人刻意在房子的每个角落都点了火，一楼和二楼早陷入一片火海，火舌已朝着顶楼冲来。我灵光一闪，将草垫扔出窗外，靠着它们成功落地，四周全是烧焦的横梁、着火的壁饰和烧熔的铁块。人们从废墟中拖出了九具小小的尸体。只盼望在梦中横遭此劫的孩子们没有受惊，走得没有痛苦。无论如何，他们现在能和自己的母亲团聚了。

市政府给了本雅明·科恩·德阿塞韦多一块地安葬家人。这应该是美洲殖民地上的第一块犹太人墓地，比纽波特市的那块都早。

好像这还不够似的，本雅明和他的朋友停在港口的两艘海船也被烧毁了。不过，我觉得这种物质上的损失对他来说根本无所谓。等他终于愿意开口说话了，本雅明·科恩·德阿塞韦多找我说了下面这番话："所发生的这一切都能找到一个合理的解释：人们希望我们不再插手与安的列斯群岛之间报酬丰厚的商业往来。他们还是一如既往地害怕和憎恨我们的智慧。可我，我却认为这个理由不足为信。是上帝在惩罚我。倒也不全是因为我迷上了你。犹太人的性欲一贯很强。我们的祖先摩西在年迈之时仍会勃起。据《申命记》记载：'精神没有衰败。'[1]亚伯拉罕、雅各布和大卫都有妾室。上帝也并不是因为我利用你的能力重见阿比盖尔这事而恼怒。他肯定还记得亚伯拉罕对撒拉的爱。不，他惩罚我只因为一件事情，那就是我拒绝了你唯一的请求：自由！我强行将你留在我的身边，这是他所厌恶的。全是因为我的自私和残忍！"

1　《圣经·申命记》第三十四章第七节。——译者注

我反驳道:"不,不是的!"

但他根本不听我的,继续说道:"你现在自由了,这就是证明。"

他递给我一张羊皮纸,上面盖满了各种章。我瞧都没瞧一眼,只是疯狂地摇头道:"我不要这种自由,我要和你在一起。"

他抱住我:"我准备去罗德岛,在那里,至少犹太人还有养家糊口的权利。有个教友在那里等我。"

我痛哭失声:"没有你,我怎么办?"

"回巴巴多斯去吧。这难道不是你最想要的吗?"

"这代价也太大了!这代价也太大了!"

"我给你在'赞美主'号上定了个位子,它会在几天之后起航前往布里奇顿。给,这是一份写给我一位教友的信。他在岛上做生意,叫大卫·达科斯塔。我在信中拜托他照顾你。"

见我仍不同意,他握住我的手,逼着我念了《以赛亚书》中的一段:

耶和华如此说,

天是我的座位，

地是我的脚凳。

你们要为我造何等的殿宇，

哪里是我安息的地方呢？[1]

当我的情绪稍微平复之后，他轻声对我说："请给我最后一个赐福吧，让我再见见我的孩子们！"

这可怜的父亲思子情切，所以我们并没有等到天黑。太阳刚刚落到塞勒姆那些蓝色屋檐下之后，我们就一起去了苹果园。我抬头看着那光秃的枝干，内心在痛苦和承诺中挣扎。第一个出现的是梅塔赫贝尔，她满头秀发披散着，如同原始宗教中的年轻女神。本雅明·科恩·德阿塞韦多低声问道："父亲的心肝宝贝，你过得好吗？"

她肯定地点点头，弟弟妹妹们围绕着她，问道："你什么时候才能成为我们中的一员？快点儿吧，爸爸。说真的，死亡是最好的恩赐。"

1　《圣经·以赛亚书》第六十六章第一节。——译者注

我很快发现，尽管拥有一纸合乎法律规定的解放证明，一个女黑人仍旧摆脱不了那些麻烦事。"赞美主"号的船长是个细高个儿，名叫斯坦纳德。他将我从头到脚打量了一番，一副非常不快的样子。正在他拿着我的证明翻来覆去地检查，犹豫不决的时候，一个水手跑了过来，在他耳边汇报了一件他可能已经知道的事情："当心，她是塞勒姆的那些女巫之一！"

瞧吧！我又要面对这个名词！我决心不被他们吓倒，反驳道："殖民地的总督在三年前就已经宣布了大赦，所谓的'女巫'全都免于起诉。"

那名水手冷笑道："也许是吧。可你认了罪，大赦可不关你的事。"

我一下就泄了气，无话可说。船长那如同野兽般的瞳仁中却闪出一丝狡黠之光，他问道："所以，你知道怎么用魔法阻挡疾病和海难啰？"

我耸了耸肩："我会治几种疾病，海难就不在我的能力范围内了。"

他从嘴里拔出了烟斗，在地上吐了口恶臭的

浓痰："黑鬼，和我说话的时候，要称我为'大人'，垂下你的眼，否则小心我把你那剩下的几颗烂牙[1]都打飞！好吧，我会把你带去巴巴多斯，而作为对我善心的回报，你得负责船员的健康，还要全力阻止暴风雨！"

我一声不吭。

然后，他把我带到了船尾，那里堆满了成箱成罐的鱼、酒和油。他指了指一卷卷缆绳中的空隙，对我说："你就待在这儿吧！"

说实话，我压根儿没心情抗议，也懒得反抗。我的所有心思还都在刚刚经历的劫难上。曼雅娅已经说过无数次："重要的是，活着！"

可是她错了，生活只是男男女女的重负，是苦涩滚烫的药汁！

哦，本雅明，我那温柔的跛足情人！他已经出发去了罗德岛，口中念着那句祷词："听着，啊——以色列人，上主是我们的上帝，上主是唯一

1　我忘记说了，我在监狱的时候，掉了很多牙齿。

的主。"

还要经历多少石刑、多少火灾？还要有多少滚烫的鲜血、多少卑躬屈膝？

我开始思考人生的另一条路径、另一层意义、另一种需求。

大火总是烧去树顶的枝丫。反抗者在浓烟中消逝。可他战胜了死亡，他的精神长存。惊慌害怕的奴隶们会重新鼓起勇气，继承他的精神。

是的，另一种需求。

且等着吧。我勉强才把装着自己那点儿微薄身家的篮子放进那一堆绳索之中，用斗篷将自己裹住，强迫自己品尝此时此刻。无论如何，我难道不是正在实现一直以来支撑自己活下去的梦想？我就要回到自己的家乡了！

黄土依旧，青山仍在，紫甘如蜜，碧带如缎。可时移世迁，男男女女不再逆来顺受。反抗者在浓烟中消逝，可浩气长存，恐惧消散。

午后，有人把我拽了出来，去治疗一个水手。那是个在厨房帮工的黑人，正在发烧。他用怀疑的目光打量着我，说道："他们说你叫蒂图巴？你是不是那个杀了个白人的阿贝娜之女？"

竟然有人在十年后认出了我，这让我不禁热泪盈眶。我早已忘记了我们族人那出众的记忆力。他们什么都不会忘，他们什么都记得！

我哽咽地说道："是的，你竟然还叫得出我的名字！"

他的眼中满是柔情和尊敬："看起来，他们对你很不好？"

他是怎么看出来的？我痛哭起来，在我抽泣的间隙，我听见他在笨拙地安慰着我："你还活着，蒂图巴！这不是最重要的吗？"

我疯狂地摇着头。不，这不是最重要的。生活必须，是的，必须要变个样子！可是怎么才能做到呢？

从那天起，德奥达图斯，就是那个水手，每天都会到我这儿来，给我带点儿船长餐桌上剩下的食物。要是没有这个，我肯定撑不过这次航行。和曼雅娅一样，他是贝宁湾的纳戈人。他经常双手交叉放在脖子后面，仰望着头顶纵横密布的星空，滔滔不绝地说："你知道为什么天空会离大地那么远？以前，它们曾密不可分，临睡前还会像挚友一样交谈。可妇人们准备饮食的声音，尤其是捣杵之声和她们的抱怨惹恼了天空。于是它便越升越高，离得越来越远，躲在了我们头顶的这片蓝色巨幕之后……你知道为什么棕榈被称为树中之王？因为它处处是宝。我们用它的果实榨圣油，用它的叶子遮风雨，女人们用它的茎脉做扫帚，净屋扫墓。"

流亡、苦难和疾病的交织让我早已淡忘了这些质朴的故事。德奥达图斯让我寻回了童年，听他说话我永远都不会厌烦。

偶尔，他也会谈谈他自己。他曾多次随斯坦纳德去非洲海岸航行。早几年前，斯坦纳德也染指过奴隶贩卖，德奥达图斯是他的翻译。他会陪着他去酋长们的棚屋，达成那可耻的交易："十二个黑人能换一桶酒，一两斤火药和一顶给尊敬的陛下们遮风蔽日的丝质阳伞。"

我听得泣不成声。那么多的苦难，就为了那

么点儿东西！

"你根本无法想象那些黑人国王的贪欲有多么深！要不是因为他们不敢挑战的法律禁止他们那么做，他们恐怕连自己的子民也都拿去卖了！那些残忍的白人正是利用了这点！"

我们也时常谈论未来。德奥达图斯是第一个直接问我这个问题的人："你回家干什么？"

他接着问道："你个人的自由在全族人的奴役面前，有何意义？"

我被问得哑口无言。我像一个哭着跑向自己母亲的孩童逃回自己的家乡，希望能得到庇护。我吞吞吐吐地说："我先去达内尔家的旧址上找回我的棚屋，然后……"

德奥达图斯嘲笑道："哦，你认为它会在那里等着你是吧？你是什么时候离开的？"

这些问题问得我心烦意乱，我并没有答案。我等着、盼望着家人能给点儿提示。唉！什么都没有，我孤身一人。灵体会被泉水和河水吸引，却害怕永远流动的海水。他们会站在广袤大海的两端，偶尔给所爱之人送送口信，却不会跨过它，更不敢立于浪尖。

　　　漂洋过海而来吧，哦，我的父辈们！
　　　漂洋过海而来吧，哦，我的母族们！

　　我的祈祷毫无回应。

　　到了第四天，德奥达图斯的烧还没完全治好，另一个船员也中招了，然后是另一个，紧接着又是一个。大家意识到，这是场瘟疫。有那么多的高烧、恶疾在非洲、美洲和安的列斯群岛上传播，而脏乱的环境和恶劣的饮食则让它们持久不退！好在，船上有大量的朗姆酒、亚速尔群岛的柠檬和卡宴的胡椒。我用这些调配了一些药剂，让患者们趁热喝下。我用干草擦拭他们流汗抽搐的身体。我做了能做的一切，曼雅娅大概也帮了我一把，最终我的努力得到了回报。一共只死了四个人，人们把他们的尸身用裹尸布包好后，扔进了海里。

　　你们觉得船长会因此夸我几句？第八天，风

停了。海水凝滞如油，船像祖母放在凉台上的摇篮一样左右摇晃，裹足不前。斯坦纳德抓着我的头发，将我拖到主桅杆下："黑鬼，要想活命，赶紧让风吹起来！我这一船都是鲜货，要是继续这样下去，我就不得不把它们都扔下海了。不过嘛，你肯定是最先下去的那个！"

我从未想过我能操控自然元素。这男人可真是给我下了一个挑战。我对他说道："我需要活的动物！"

活的动物？航行至此，船上只剩下几只留给船长吃的鸡，一头乳房肿胀、用来挤奶给他当早餐和辅餐的母山羊，还有几只捕鼠的猫。他们倒是把它们都给我抓来了。

有奶，有血！我已经有了最重要的两种液体，还有这些温顺祭品的肉。

我盯着如同着火森林的大海。突然，从静止的火炭中蹿出一只鸟，直直地飞向太阳。它在空中停了一阵，画了个圈，又停了一会儿，然后闪电一般飞上了天。我知道，这是个征兆，我无声的祈祷已经得到了回应。

过了不知道多久，那只鸟已经成了一个几不可见的点，连我的眼睛都怀疑它是否还在。万物静止，仿佛都在等着一个不可捉摸的决定。然后，一阵遮天蔽日的呼啸从天边的某个方向传来。天地变色。蓝紫色的天空变成了柔和的灰色。海面开始起伏，盘旋而来的海风卷起了船帆、吹散了绳索，还吹断了一根桅杆，它倒了下来，当场砸死了一名水手。我明白，我的献祭不够，无形之灵还需一只"无角之羊"[1]。第十一天清晨，我们看到了巴巴多斯。

我本想在抵达的人群中找到德奥达图斯，同他告别，可他已不见踪影。这让我不禁暗自神伤。

---

1 指人。

Chapter *11* 第 十 一 章 ───

我温柔的跛足爱人啊！我再次想起，在失去你之前，我们曾度过的那段短暂幸福时光！

你来顶楼与我同床共眠时，我们颠鸾倒凤，如同坐在波涛汹涌海面上的颠簸小船。你的双腿像桨手一样指引着我，带领我们抵达彼岸。那里，睡神已为我们铺好温馨的沙滩。早上，我们总能精神饱满地开始忙活当天的事情。

我温柔的跛足爱人啊！最后那一晚，我们不曾做爱。当两个灵魂即将分离之时，肉欲又何足挂齿。你又一次责备自己的狠心，我再一次祈求保留我的枷锁。

赫斯特啊赫斯特，你肯定会生气吧？可有些男人的脆弱能让我们甘愿为奴！

Chapter *12* 第十二章 ————

无形三人组来接我了，他们站在奴隶、水手和凑热闹的路人之间。灵体有个特点，他们永不会老，一直都能保持重获的青春。曼雅娅仍是那个唇红齿白、身材高挑的纳戈族女黑人。我的母亲阿贝娜仍是那个肤如黑玉、面带纹饰的阿散蒂公主。而亚奥，还是那个有着一双天足，魁梧有力的马普人。

我们抱在一起的时候，那种感觉真是无以言表。

除此之外，我的岛屿并没有为我欢庆！天下着雨，布里奇顿那一排排围绕大教堂而建的房屋的砖顶全都湿漉漉的。行人和牲畜都在泥泞的街道中蹚水前行。应该是刚到了个奴隶贩子，奴隶市场的草棚里，那些英国人，无论男女，都忙着挑选羞愧战栗的"博撒乐"[1]，检查他们的牙齿、舌头和性器。

我的城市竟如此不堪！狭小，平凡。这就是个毫不起眼的殖民地前哨，四处散发着贪婪和苦难的恶臭。

我沿着宽街前行，未承想竟走到了宿敌苏珊娜·恩迪科特的旧宅前。当曼雅娅在我耳边低声述说这位悍妇是如何在自己的屎尿中挣扎数周才断气时，我并没有多么欢喜，反倒出乎意料地有些难过。

要能重新过上手握欢愉之器，睡在约翰·印第安怀里的日子，我有什么不敢做的？我又有什么不愿意给的？只要他能站在矮门那儿等着我，用一

1　刚下船尚未受洗的黑人。

贯温柔嘲讽的语气对我说："哟！我遍体鳞伤的夫人，你终于回来了！你像块滚石一样四处漂泊，片叶不沾，归来依旧两手空空！"

我强忍着泪水。可依旧没逃过母亲阿贝娜的眼睛，她叹了口气："唉！她竟还会为了那个下流痞子哭！"

跳过这个不和谐音后，三个灵体蜷身变成了一片飘在空中的半透明云朵。曼雅娅对我解释道："有人在召唤我们，今晚我们再来找你！"

我的母亲阿贝娜还加了句："别到处乱跑！赶紧回家！"

回家！这话听着多么讽刺！除了几个已逝之人，没人在岛上等我。我也不知道自己十年前擅自建造的棚屋是否还在。假如它不在了，我又得做回木匠，找个地方重建一处栖身之所。前路漫漫。我都想去找本雅明·科恩·德阿塞韦多说的那个大卫·达科斯塔了！可他究竟住在哪里呢？

我正在犹豫之时，几个人顶着香蕉叶，踏着泥泞朝我走来。我认出其中一人是德奥达图斯，他身边还有两个女人。我惊喜地叫出了声："你去哪儿了？害我到处找你！"

他露出了一个神秘的笑容："我去通知几个好友你回来了。我知道，他们会很开心的。"

其中一个年轻女孩朝我俯身说道："大娘，还请赏脸到我们那儿去吧！"

大娘？我气得跳脚，这个词是人们对老妇的尊称，而我还不满三十岁！不到一个月前，我的两腿之间还灌满了一个男人的种子！为了掩饰自己的不快，我挽起德奥达图斯的胳膊问道："我的朋友们在哪儿？"

"在丽原那边。"

我差点儿脱口而出："丽原！那可在岛的另一边！"

不过，我很快冷静下来。我刚刚不是已经发现，这里并没有人等我，我也无处可去？既然如此，去丽原又有何不可呢？

我们离开了布里奇顿。突然——这在我们那儿很常见——雨停了，太阳又露了脸，用它那金光闪闪的画笔勾勒着山丘的轮廓。甘蔗已经开花，原野上笼罩着一层淡紫色的轻纱。薯蓣光滑的叶子也开始爬上支架。欣喜之情冲淡了刚才的彷徨。我怎么会认为没有人在等我呢？整个国家都在向我展示她对我的爱。泽奈达鸽不正是为了我才咕咕叫的吗？木瓜树、橙子树和石榴树不是为了我才结果的吗？心绪平复之后，我转向并肩而行、一直对我的沉默表示尊重的德奥达图斯，说道："你的朋友们是谁？他们在哪个种植园做活？"

他轻笑了一声，那两个女人也跟着笑了，然后答道："他们无须在种植园干活！"

我一时没反应过来，然后不可置信地问道："他们不用在种植园干活？难不成……是逃奴？"

德奥达图斯点了点头。

逃奴？

十年前我离开巴巴多斯的时候，逃奴是很少见的。人们只说起过一个叫蒂·诺埃尔的人，说他和他的家人住在法利山上。可没人见过他们，他仿佛只活在人们的想象中。按说，他应该已经很大年纪了，可在人们的口中，他始终年轻力壮、勇敢无畏。人们不厌其烦地歌颂着他的丰功伟绩："白人的子弹杀不死蒂·诺埃尔。他们的狗咬不到他。他们的火烧不死他。蒂·诺埃尔老爹，快给我们开门！"

德奥达图斯解释道："我的朋友们在前几年法国人攻占巴巴多斯时占了几个山头。当时，英国人想武力征召奴隶为他们打仗，但是奴隶们却觉得：'什么？为白人之间的斗争去送死？'然后全都一溜烟地跑了！他们后来躲进了乔基山脉，英国人一直拿他们没辙。"

那两个女人又笑了起来。

我不知道该做何感想。尽管我遭了这么多罪，身上的复仇之火也并未熄灭，却并不想和逃奴们掺和到一起，惹祸上身。也许这不太符合常理，可我却只想在这个失而复得的岛上安然度日。剩下的旅途中，我们都没再多说什么。到了晌午，那两个女人示意大家停下脚步，从草袋中掏出几个水果和几条肉干。我们分了这点儿食物，德奥达图斯还喝了不少朗姆酒。随后，我们再次起程。路途变得越来越崎岖，植被也越发繁茂狂野，似乎有心庇护这些法外之徒。突然，两个女人高声喊道："阿戈！"

荆棘丛摇晃了一阵，三个持枪的男人跳了出来。热情地打了招呼之后，他们用布条蒙住了我们的眼睛。我们在一片黑暗中走进了逃奴的地盘。

逃奴围成一圈坐着听我的自白。人不是很多，加上女人和小孩，也就十来个。我回顾了一遍自己的痛苦、庭审、诬告、认罪和所爱之人对我的背叛。话音刚落，听众们便开始七嘴八舌地发问。

"这个撒旦，你见过他几次？"

"他比最强大的甘布瓦泽法师还要厉害吗？"

"既然他让你在他的书上签了名，所以你会写字啰？"

克里斯托弗，他们的首领，四十来岁，和始终流向大海的河流一样平静，做了个手势止住了他们的追问，然后略带歉意地说道："请原谅他们。这些人是战士，不是智者。他们没闹明白，你是被冤枉的。你是无辜的，对吧？"

我肯定地点点头。他继续问道:"你一点儿法力都没有吗?"

我也不知道当时是怎么了。虚荣心作祟?为了让这个男人眼中对我的兴趣更浓?还是仅仅就想找个人坦白?反正,我一心想说清楚:"抚养我长大的纳戈女人确实给了我一点儿法力,但是只能用来做好事……"

那些逃奴齐声问道:"做好事?哪怕对你的敌人……"

我不知道该怎么回答。好在,克里斯托弗边起身边做了个散会的手势,打着哈欠说道:"明天又是新的一天!"

他们把我安置在了离他那两个伴侣住处不远的一个棚屋里。顺便说一句,为了自己的快活,他恢复了非洲的一夫多妻制。放在草屋地上的那张草垫是我睡过的垫子中最软的。是啊!我这一生历经波折。从塞勒姆到伊普斯威奇!从巴巴多斯到美洲,然后又回归故里!现在,我终于能歇一歇,对生活说一句:"你不能再把我怎么样了。"

雨又开始下了。我听到它在窗外踟蹰，仿佛一位被拒之门外的绝望旅客。

就在意识渐渐模糊之际，前厅传来一阵响动。我本以为是我那几位无形的访客跑来质问我为什么不告而别，没想到，竟是克里斯托弗举着根蜡烛进来了。我起身问道："哦？你的两个妻子都不能满足你吗？"

他翻了个白眼，这动作让我很是羞愧，然后，他反唇相讥道："听着，我可没精力去想这些破事！"

之前遭的罪没能削弱我那根深蒂固的女性本能，问出的话多少仍带点儿调情的意味："那你有精力干什么呢？"

他往板凳上一坐，将蜡烛放下，屋里立马出现无数跳动的影子。"我想知道，你是否靠得住！"

我这下被惊得目瞪口呆，过了一会儿才说道："老天爷，这话从何而来？"

他俯身靠向我问道："你还记得蒂·诺埃尔之歌吗？"

蒂·诺埃尔？我已经放弃理解了。他用活像看白痴的同情眼神盯着我，突然唱了起来，调子倒是出人意料的准："哦，蒂·诺埃尔老爹，白人的枪杀不死他。白人的子弹打不中他，它们只能擦身而过。蒂图巴，我想要你把我变得不可战胜！"

所以，就是为了这个？我差点儿大笑出声，怕他恼羞成怒，我强行忍住。我平静地答道："克里斯托弗，我也不知道自己有没有这种能力！"

他怒吼道："你不是个女巫吗？到底是不是？"

我叹了口气："每个人都赋予了这个词不同的含义。所有人都以为能够用自己的方式塑造女巫，以满足自己的野心、梦想、欲望……"

他打断了我："听着，我可不是来听一个哲学家讲课的！我们来做个交易。你把我变得无敌，作为交换……"

"作为交换？"

他站起身来，头都快碰到屋顶。他的影子罩在我的身上，如同守护精灵一般。

"作为交换，我会让你得到一个女人想要的

一切！"

我嘲讽地问道："那是什么？"

他没有回答，转身离去。他还没走出屋子，我就听到了熟悉的叹气声。我决定不去理睬母亲阿贝娜，朝着墙转过身去，向曼雅娅问道："我可以帮他吗？"

曼雅娅拿起她那个短烟斗吸了一口，向空中吐了个圈："这怎么可能办得到呢？死亡是一扇无人能让其生锈的门，每个人都会在注定的时刻经过它。你也知道，我们只能为自己所爱之人开启它，让他们与故人重逢。"

我仍不死心："我真不能帮他吗？他是为了崇高的理想而战啊。"

母亲阿贝娜哂道："虚伪！你感兴趣的难道是他那崇高的理想？算了，我们走吧！"

在黑暗中，我默默闭上双眼。母亲那让人畏惧的洞察力让我有些恼怒焦躁。不过，我也在反省。难道我经历的男人还不够多，还没有尝够情感的酸甜苦辣？这才刚回巴巴多斯，我就准备投身于吉凶未卜的冒险，和一群我一无所知的逃奴一起。打定主意要向德奥达图斯问问他的这群朋友后，我便任由自己进入了梦乡。

巨大、洁白的睡莲用它那锦缎般的花瓣包裹着我，赫斯特、梅塔赫贝尔和我的犹太爱人全都围在我的床边。在我感情和思念的国度，生与死已融为一体。

我的犹太爱人看起来已重获平静，甚至可以称得上幸福。在罗德岛，他至少能够光明正大地向他的上帝祈祷。

一时，细雨轻喃，滋润着草木和屋顶。我想起了已被我甩在身后的那片土地上冰冷敌对的雨。是的，不同天空下的自然也会使用不同的语言，神奇的是，它的语言和当地人的语言相互契合。冷酷的自然生产残酷之徒。仁慈的自然养育慷慨之人！

我在故国岛屿上的第一夜！

青蛙母蟾的呱呱叫、夜鸟的喇喇声、被獴惊起的家禽的咕咕叫、拴在灵体之友加拉巴士木上的驴子所发出的咳咳声，全部汇成一曲连续的乐章。

天要是再也不会亮，从此陷入无尽的长夜就好了！我短暂地想起在波士顿和塞勒姆的日子，可它们已经变得那么模糊，塞缪尔·帕里斯和其他那些心怀恶意、让它们变得黯淡无光的人也一样。

第一夜！

整个岛屿都在低吟："她回来了。她回来了。阿贝娜的女儿，曼雅娅的女儿，她再也不会离开了。"

Chapter *13* 第 十 三 章

　　我以前从未想过要在神秘之力上超过曼雅娅。我一直以她的孩子和学生自居，从不违背她的教导。唉！我必须羞愧地承认，这种想法变了，徒弟想要与师傅一较高下了。无论如何，我也确实有些骄傲自满的资本。在"赞美主"号上，我不是已经能掌控自然之力了吗？也没有什么证据能证明我是借助了外力才做到的……

　　我开始醉心于拿本地的植物做实验，带着挖掘植物根茎的小刀和收集药草的草袋，我走遍了附近的田野。同时，我还费力地重启与河水和风声的交谈，以便掌握它们的秘密。

江河流向大海如同生命走向死亡，没有什么能阻挡它们的步伐。这是为什么？

风起之时，偶尔清风拂面，偶尔狂风大作。这又是为什么？

我增加了鲜果、食品和活畜这些祭品的数量，将它们放到十字路口、盘根错节的树根和天然洞穴里这类灵体们喜欢栖身的地方。既然曼雅娅不肯帮我，我只能依靠自己的智慧和直觉了。我必须靠自己获得这更高深的知识。于是，我开始向奴隶们打听生活在种植园里的法师，得到线索之后，再找一群对我极为防备的男男女女讨教。要知道，法师，无论男女，都不愿意和别人分享他们的法术。就像厨师不愿意谈他们的秘方一样。

一天，我碰到了一名法师，他和我的母亲阿贝娜一样是阿散蒂人。一开始，他事无巨细地给我讲述了自己在非洲沿岸的阿夸平公海被抓捕的经过。他的妻子也是一个阿散蒂人，奴隶们偏好与自己"同族"的人通婚。他一边说着，一边剥晚上吃的薯类根茎。然后，他用一种说不清道不明的语气问我："你现在住在哪里？"

大家都告诫过我绝对不能透露逃奴营地的所在地，因此，我只含糊地答道："在山的那一边。"

他冷笑着说："你就是蒂图巴吧，差点儿被白人用绳子吊死的那个？"

我用惯常的答案应付："你应该知道，我没有什么可以被指责的。"

"可惜了！真是可惜了！"

我直愣愣地盯着他。他继续说道："我要是你，哼！我会给所有人施法：父母、子女、邻居……我会让他们相互敌对，然后静静欣赏他们狗咬狗的样子。那样，就不止区区百来人上法庭、二十几人被处死了，整个马萨诸塞州都要陪葬！而我，我会以'塞勒姆的恶魔'之名名垂青史！可你呢，你留下了什么？"

这话不禁让我汗颜。其实，我也想过这个问题。我也曾遗憾，自己在整个事件中只扮演了一个很快就被人抛诸脑后、生死都无人在意的配角。在一大堆研究马萨诸塞州历史的文献中只留下这么几个字："蒂图巴，一个来自巴巴多斯的黑奴，可能会点儿'巫毒'。"人们为什么会如此忽视我？这个问题也曾出现在我的脑海。没人会把一个女黑人放在心上，更不会在意她所受的苦难，是因为这个理由吗？

我试图在塞勒姆的女巫史中寻找自己的故事，一无所获。

1706 年，安妮·帕特南站在塞勒姆教堂里，承认了自己孩子的过错，并对此事造成的严重后果深表哀悼："我愿躺在尘土里，乞求那些被我冒犯和伤害的人，以及那些亲眷遭到逮捕和诬告的人原谅。"

她不是第一个也不是最后一个像这样公开认罪的人，那些受害者也一个接着一个恢复了自己的名誉。而我呢，没有人谈到我，只有："蒂图巴，一个来自巴巴多斯的黑奴，可能会点儿'巫毒'。"

我垂下了头，无言以对。仿佛看出了我的天

人交战，这位甘布瓦泽法师不愿再继续责备我，放缓语气说道："生活不是一碗美人蕉 [1]，是吧？"

我站起身，拒绝接受他的怜悯："天黑了，我得回去了。"

他眼中精光一闪，那一丝同情霎时无影无踪，他说道："你脑子里谋划的那事是不可能的！你忘了你还是个活人吗？"

回逃奴营地的路上，我的脑子里一遍又一遍地想着这最后一句话。难道死亡才是获得最高奥义的唯一途径？对活人来说，有一条不可逾越的线？难道我只能甘心囿于自身拥有的那点不完备的知识？

正当我准备离开种植园时，一群奴隶朝我走了过来。我本以为来的是病人、想求点儿药水的妇人、讨点儿膏药治伤的孩童，或是被石磨压伤手脚的男人。因为我很快便在岛上建立了一个善用药草的名声，那时只要我一露面，就会被患者包围。

1　意指生活不是玫瑰色的。——译者注

可压根儿不是那么回事。

奴隶们面色凝重地对我说："当心，大娘！种植园主昨天晚上聚了个头，他们想要你的命！"

我大吃一惊。他们能以什么罪名控告我？我回来之后，除了救治那些无人关心的人以外，还干了什么？

有个男人为我解了惑："他们说你在种植园间传递消息，为他们出谋划策，煽动他们造反，所以，他们准备给你下套！"

灰心丧气的我继续向营地走去。

一直听我叙述到这里的各位，恐怕都有点儿恨铁不成钢。这个不懂得恨人的女巫是怎么回事？她怎么每次在险恶的人心面前都如此不堪一击？

不知道是第几千次，我下定决心要洗心革面，放手一搏。唉！要是能换颗心就好了！将蛇毒涂在心房上，让它成为暴力和仇恨的汇聚地，让它爱上作恶吧！可我身上只有对不幸之人的同情和关怀，只有面对不平等时才会奋起反抗！

太阳落山了。夜虫不屈的鸣唱开始升上天空。

衣衫褴褛的奴隶成群结队地返回黑奴街区，赶着回家躺在摇椅上喝"不掺水"的酒的工头们则策马奔驰而去。在我看来，他们挥动的马鞭像是迫不及待要打在我身上一样。不过，还没有一个人敢这么做。

我回到营地的时候，天已黑了。

在繁茂的吉贝树丛中，女人们正在熏制腌肉，这些肉都已经事先撒上了月桂，涂上了柠檬汁和辣椒。克里斯托弗的两位伴侣狠狠地瞪着我，因为她们怀疑我和他们的男人之间有点儿什么首尾。通常我会顾念她们年纪尚轻，心下暗暗发誓绝不会做出伤害她们的举动。可这一晚，我连看都不想看她们一眼。

克里斯托弗在他的棚屋里，正在卷烟草。这种植物在岛上长得很好，让一些种植园主发了财。他嘲弄地问道："你又到哪里闲逛了一天？你觉得这样就能找到我向你要的神药？"

我耸了耸肩："我问了很多能耐比我大得多的人，他们都说没有不死仙丹。无论是富人、穷人、奴隶、主子，都得经历那么一遭。不过，先听我说一句：我醒得太晚了。我现在已经明白，不能再这样下去了。让我和你并肩作战，一起对抗白人吧！"

他仰头哈哈大笑起来，那笑声与烟卷上冒出的青烟交织在一起："你？作战？你这个玩笑也开得太大了点儿。女人的职责，蒂图巴，不是打架和作战，而是做爱！"

接下来的几周，一切都按部就班。

尽管奴隶们已经警告过我，我还是没有放弃前往种植园。不过，我会选择在日落之后再去，这也是灵体们重新掌控大地之时。尽管曼雅娅和母亲阿贝娜对我住在法利山这件事非常不满，但是她们依旧会每天来看我，也会陪着我一起走过田野间蜿蜒崎岖的道路。我对她们的责难并不上心。

"你为什么要和这群逃奴混在一起？他们都是些只想着盗窃和杀戮的坏人！"

"他们都是一些忘恩负义的东西！只顾着自己

自由，对仍被奴役的母亲和同胞不管不顾！"

到了这个份儿上，还有什么好讨论的？

在那段日子里，发生了一件让我倍感幸福的事情。我救活了一个孩子，一个刚刚离开子宫的小女孩。尚未跨过死亡之门的她当时徘徊在那通往生的黑暗过道中。当我将皮肤尚温、全身都裹着黏液和粪便的她取出来，轻柔地放入她母亲的怀中之后，那女人脸上的表情是多么动人！

奇妙的母性！

第一次，我自问道，我那未出世的孩子，是不是也能赋予我的存在以滋味和意义？

赫斯特，我们是不是错了？你是不是应该为你的孩子而活，而非带着她一起去死？

克里斯托弗现在经常在我的棚屋过夜。我也不是很清楚这段新的关系是怎么开始的。交错的眼神？灼烧的情欲？还是为了证明自己不是那被重担压弯、惨遭抛弃的坐骑？可是，有必要搞清楚原因吗？毕竟，这段关系仅仅出于感官。我身上其他的东西仍属于约翰·印第安。令人费解的是，我对他的思念与日俱增。

那个满腹花言巧语、厚颜无耻的黑皮肤男人，曼雅娅说得一点儿没错！那个背叛了我的懦弱男人！

克里斯托弗在我身上努力耕耘的时候，我的思绪却飘向了在美洲度过的美好夜晚。夜寒风急。听听它们的长啸怒吼和踏在结冰地面上的奔驰之声！

我的男人和我，对此充耳不闻，纵情声色。从头到脚一身黑衣的塞缪尔·帕里斯则喋喋不休地念着他的祷词。听听他嘴里念叨的警世名言：

无故恨我的，比我头发还多。

无理与我为仇，要把我剪除的，甚为强盛……[1]

我的男人和我，对此充耳不闻，醉生梦死。

---

[1] 《圣经·诗篇》第六十九章第四节。——译者注

　　渐渐地，习惯在沉默中占有我的克里斯托弗开始敞开心扉："事实上，我们的人数，尤其是装备，都不足以向白人宣战。半打步枪和几根愈疮木短棍就是我们全部的家当了。更要命的是，我们还时刻处在被人进攻的威胁之中。这就是真相！"

　　略感失望的我问道："就因为这样，所以你希望我能把你变得无敌？"

　　察觉到我语气中的讽刺，他朝着墙转过身去："你能不能把我变得无敌都无所谓！无论如何，我都会永垂不朽。我已经听见人们在传唱种植园奴隶之歌……"

　　然后他便用悦耳的声音唱起了一首自卖自夸的歌。我把手放在他的肩膀上，问道："我呢，有没有夸我的歌，蒂图巴之歌？"

　　他假装竖起了耳朵在黑暗中听了一会儿，然后肯定地说："没有！"

　　说完，他便打起了呼噜。我也有样学样。

　　不用为种植园的奴隶诊治的时候，我就会加入女逃奴的圈子。一开始，她们都对我尊崇有加。

后来，当知道克里斯托弗睡在我床上，发现我其实和她们没有什么不同的时候，她们便对我充满了敌意。现在，这种敌意也消失了，我们形成了一种古怪的同盟。她们需要我的能力，这个需要下奶，那个需要缓解产后持续的疼痛，而我则喜欢听她们聊天，她们的对话总是轻松愉快、令人发笑。

"很久很久以前，当恶魔还是个穿着浆得笔直的白色粗斜纹布短裤的小男孩时，大地上只有女人。她们一起工作，一起休息，一起在河里洗澡。一天，一个女人把大家都召集到一起，对她们说道：'姐妹们，当我们消失之后，谁来代替我们呢？我们还没有按自己的模样创造一个人哩！'听到这话，大部分女人耸耸肩：'为什么要找人代替我们？'另一小部分人则觉得很有道理：'我们要是都不在了，不就没人来种地了？土地一荒可就没法产庄稼了！'这下，所有人都开始寻找繁衍之法，男人就是这么被创造出来的。"

我和她们一起哈哈大笑。

"那，为什么男人是那副德行？"

"亲爱的，我要是知道就好了！"

有时候，她们也会猜个谜。

"什么能治愈夜晚的黑暗？"

"蜡烛！"

"什么能治疗白天的炎热？"

"河水！"

"什么能医治生活的痛苦？"

"孩子！"

说完，她们开始对没有孩子的我产生同情，排着队来向我问东问西："当塞勒姆的法官把你扔进牢房的时候，你难道不能变个样子？比如说变成一只老鼠，找个两条木板之间的缝隙钻出去？或者变成一头发怒的公牛，把他们全部顶开？"

听完这话，我无奈地耸耸肩，第无数次向她们解释：大家都太看得起我了，总把我想得法力无边。一天晚上，讨论变得过于离谱，我不得不辩驳道："我要是什么都会，怎么不把你们都解放了？怎么不抚平你们脸上的皲裂？怎么不帮你们把烂牙断齿变成又圆又亮的贝齿？"

看着那些半信半疑的脸庞，实在不知道还能说什么的我只好再次耸耸肩："相信我，我真的不是什么大人物！"

不知道这话是被人添油加醋，还是被人曲解误读了。

反正，克里斯托弗对我的态度开始变了。他会大半夜跑到我的棚屋，上来就直奔主题，衣服都不脱。这让我不禁想起了伊丽莎白·帕里斯的抱怨："我亲爱的蒂图巴，他要我时从不宽衣解带，连看都不看我一眼！"

当我问起他当天做了什么时，他的回答也只有几个怒气冲冲的字。

"听说你们准备和圣·詹姆斯那儿的人一起起义了？"

"女人，闭嘴！"

"听说你们突袭了维尔第的军火库，搞到了一批枪？"

"女人，你就不能让我的耳根清净一下？"

一天晚上，他毫不客气地对我说："你不过

就是个普通的女黑人，还指望我们把你当宝一样
供着？"

我明白，是我离开的时候了，这里不再欢迎我。

走的前一天，我召唤了曼雅娅和母亲阿贝娜。
她们已经好几天没有现身了，应该是不忍心看着我
灰溜溜地离开。因为我的祷告，她们不得不来到我
身边，屋子里瞬间就充斥着番石榴和蒲桃的香气。
她们用责备的眼神看着我说："你的头发都开始变
白了，还离不开男人？"

我一声不吭。过了一会儿，我终于下定决心
直视她们："我要回家！"

奇怪的是，一听说我要离开了，那些女人都
一脸难过地来为我送行。这个送我一只捆好的鸡，
那个塞给我一些水果，还有人给了一条黑棕格子的
马德拉斯布头巾。她们一直陪我走到麒麟竭篱笆那
里，而克里斯托弗却借口要和他的手下开会，不曾
在我的门口露个脸。

我的棚屋还和我离开它的时候一样，只比以

前稍稍破败了一点儿。它那如同歪斜头饰的房顶下的屋体也只是稍稍比以前多了一些虫蛀的痕迹。一串鲜红的一品红已与窗台齐高。几只已在两块被啮虫蛀空的木板中做窝的夜鸟，哀叫着、扑腾着飞走了。我推开了双扉门，受惊的啮齿动物四处乱窜。

那里的黑奴，不知道他们是怎么知道我回来的消息的，还为我办了一场欢迎宴。种植园已再次易手。它先是属于一个遥领地主，这人只管将收成运回本国，永远都在抱怨收益太低。一个叫埃林的人刚成为它新的主人，他从英国运来了最先进的设备，期盼着能在最短的时间内发家致富。

奴隶们给我拉来了一头小母牛，那是他们冒着危险从主人的牛群中牵来的。母牛的头上有一块深色的三角印记，仿佛命中注定。

晨光熹微之时，我献祭了这头牛，让它的鲜血浸湿了同样猩红的大地。之后，我一秒都没有浪费，马上开始劳动。我建了一个百草园，在里面种植了施法所需的药草，这样一来，我再也不用远赴深山老林去寻找它们了。同时，我还建了一个菜园子，结束一天劳作的奴隶们会特意跑来帮我翻土、锄草和打理。他们这个想方给我弄来秋葵和番茄，那个设法给我找来柠檬草，还有好几个人跑去给我挖了几个薯蓣，很快，它们那生机勃勃的藤蔓便缠到了支架上。等我弄到了几只母鸡和一只羽毛蓬松、生性好斗的公鸡后，就万事俱全了。

我的日常非常简单。天一亮我就起床，祈祷，前往奥蒙德河沐浴，然后胡乱吃点儿，开始钻研医术。那个年代，霍乱和天花时常在种植园肆虐，随心所欲地夺走奴隶的命，无论男女。我找到了这些病的医治之法，也知道了如何治疗雅司病，如何愈合族人身上日复一日出现的伤痕。我已学会敛疮生肌、活血化瘀，甚至还能接骨续筋。当然，我之所以能做到这些，还要多亏一直在我身边帮忙的无形之友。我已经放弃寻找使人刀枪不入、长生不死之法，那确实是异想天开。我已接受人这一物种是存在限度的。

人们或许会惊讶，在这个皮鞭在奴隶的脊背上噼啪作响的年代，我怎么能过得如此自由、如此平静。这是因为我的国家有两张面孔。一张上面跑着奴隶主的敞篷马车、持枪警察的战马和凶狠狂吠的猎犬；另一张，神秘又隐蔽，由密码、耳边私语和缄默协议组成。我就活在后一张上面，被所有人一起守护着。曼雅娅让我的棚屋旁长出了茂密的植被，住在里面的我如同身处坚不可摧的城堡之中。不知情的人只能看到一堆杂乱无章的番石榴树、蕨类、鸡蛋花和阿科玛树，只有木槿那淡紫色的花时不时能从中探出头来。

一天，我在一棵蕨类植物长满青苔的根上发现了一种兰花。我将它命名为"赫斯特"。

Chapter *14* 第十四章

　　我回到自己家中已经好几周。那段时间，我一半时间忙着研究，一半时间忙着治疗病患。一天，我察觉自己怀孕了。我怀孕了！

　　我的第一反应是不可置信。我难道不已经是个乳房松弛下垂、腹部长满赘肉的老女人了吗？可铁证如山，由不得我不信。我和犹太情人的爱情没结成果，和克里斯托弗那野蛮粗暴的交媾倒是开了花。这让人不得不承认：孩子不是爱情的结晶，而是偶然的产物。

　　当我将这个消息告诉曼雅娅和母亲阿贝娜时，她们显得有点儿闪烁其词，只是简单说了两句。

　　"这一次，你不能打掉他了。"

　　"你的天性展现了！"

　　我将这种态度归因于她们对克里斯托弗的厌恶，便丢开手，一心一意关注起自己来。起初的不确定和疑虑过后，我便任由自己被这一波幸福的高潮席卷、带走、淹没。真让人沉醉！从此之后，我体内孕育的这个生命就是我一切行为的准则。我吃的是新鲜的水果和谷饲鸡下的鲜蛋，喝的是白山羊奶。我用辣根菜煮的水洗眼，为的是让这个小东西拥有良好的视力。我用蓖麻籽泥洗头，这样他的头发就会又黑又亮。我还会长时间在杧果树下沉睡休息。不仅如此，这孩子还让我重燃斗志。我非常确定自己怀的是个女儿。她会有一个怎么样的未来？是和我那些身为奴隶的同胞一样，被生活和苦役所蹂躏？还是和我一样，像个贱民一般躲在某个峡谷的边缘离群索居？

　　不行，如果我的孩子要降临到这个世界上，

那这个世界必须得变!

有那么一瞬,我真想回到法利山,回到克里斯托弗身边去。不是为了告诉他我怀孕了,他才不会关心这个,而是鼓动他行动起来。我知道,我们的岛,巴巴多斯其实非常狭小,很多种植园主已经对她失去了信心,转去寻找更开阔、更能实现他们雄心壮志的良田。这些人大多蜂拥前往英国人刚从西班牙人手中夺来的牙买加。只要在他们中间搞点儿无伤大雅的恐慌,兴许就能让他们更快离开,促使他们大批离岸呢?不过,他那些毫无担当的行为,还有他曾向我坦白过的势单力薄,让我很快放弃了这个念头。我决定孤身奋战。可是,该怎么做呢?

我加倍地祈祷和献祭,希望无形之人能给予我一些指引。一无所获。于是,我只得再去找曼雅娅和母亲阿贝娜,想在她们戒备心没那么强时突然袭击,从她们那儿挖出她们认为必须要向我隐瞒的事情。徒劳无功。

这两人总在打太极。

"那些打听大海为什么那么蓝的人总是很快沉于浪底。"

"太阳会烧掉那些妄图接近它的莽夫之翼。"

一次，正说着，一群奴隶送了一个被工头的牛筋鞭子打得奄奄一息的男孩到我这儿来。他的腿、屁股和背上共挨了两百五十下，又在监狱里关了一天——他这人很横，屡教不改，是个没人治得了的刺儿头——这样一来，身体哪里还撑得住。在把他运往大黍田中土坑的途中，人们发现他还有气，便决定把他交给我。

我让伊菲吉尼（这是他的名字）躺在我屋子一角的草垫上，这样就能随时掌握他的呼吸状况。我为他调配了各种疗伤的糊剂和药膏，并在那些化脓感染的伤口上放置切成薄片的新鲜动物肝脏，让里面的脓水和血水能够排出来。我不停地为他更换头上的纱布，还深入科德林顿大峡谷去收集牛蛙的黏液，这种生物特别中意这片肥沃的棕土地，只在这里繁衍。

经过二十四小时的不懈救治，我的努力得到

了回报：伊菲吉尼睁开了双眼。第三天，他开口说话了："妈妈，妈妈，你终于回来了！我以为再也见不到你了。"

我握住他那走形且长满老茧、依旧滚烫的手："我不是你的母亲，伊菲吉尼。但是我想听你讲讲她的事情。"

伊菲吉尼努力睁开双眼以便将我看个清楚，意识到自己的错误，浑身疼痛的他瘫倒在草垫上。

"在我三岁的时候，我目睹了母亲的死亡。她是蒂·诺埃尔的众多女人之一，这些女人散落在各个种植园中，负责为他留种。男种。我便是其中之一。我的母亲尽心尽力地养育着我。唉！可美貌却是她不幸的根源。一天，当她从磨坊回家时，尽管大汗淋漓、衣衫褴褛，爱德华·达什比老爷还是一眼看中了她，命令工头在天黑之后将她带到他那儿去。我不知道他们之间发生了什么，反正第二天，人们就让奴隶们站成一圈，当着他们的面将她活活打死了！"

这和我的故事简直如出一辙！有了这么一个

坚实、正当的理由，我对他的好感更是激增。我也将自己的身世如实相告。他对其中的一些细节略有耳闻，我压根儿没想到，自己竟已成为奴隶中的一个传奇。当我讲到本雅明·科恩·德阿塞韦多家的那场火灾时，他皱着眉，打断了我："这是为什么？他不是和他们一样的白人吗？"

"这点毫无疑问！"

"那就是说恨是他们不可或缺的东西，就算是同类也非要你死我活不可啰？"

我试图用自己还记得的那些关于不同宗教和不同信徒之间的差异来解释，本雅明和梅塔赫贝尔曾教过我这些。可伊菲吉尼也并不比我理解得更多。

渐渐地，伊菲吉尼能够坐起来了，能够下床了。没过多久，他便能走出屋子了。他修的第一个东西是家里那关不紧的大门，完事后，他还自命不凡地说："妈妈，你身边真的很需要一个男人！"

我强忍住大笑的冲动，毕竟他说得那么认真。伊菲吉尼是个多漂亮的小伙子啊！茂密乌黑的头发，椭圆的脸，高高的颧骨。深紫丰润的嘴唇，仿佛随时准备亲吻这个世界，当然，要是他能接受它而不总是将它推开，与其斗争的话！他身上那些丑陋的鞭痕总能让我想到这残忍的事实。因此，每次在给他涂抹蓖麻膏的时候，我的心中总不免生出一股怒气和反抗之心。一天早上，我再也忍不住了："伊菲吉尼，你应该已经发现我怀着孩子了吧？"

他羞涩地垂下了眼帘："我不敢提这话！"

"听着，我的梦想就是让自己的女儿在另一个太阳下睁开她的双眼！"

他沉默了好一会儿，仿佛在掂量我这话的重量。然后，他冲向我，用一个他很喜欢的姿势蹲在我的脚旁："妈妈，各个种植园里愿意跟随您的人我都认识。我们只须振臂一呼。"

"可我们没有武器。"

"火，妈妈，光辉之火！吞噬灼烧之火！"

"等我们把他们都赶进了大海之后怎么办？谁来统治？"

"妈妈，白人真是把你带坏了：你想得太多了，先把他们赶走再说！"

下午，当我从奥蒙德河洗浴归来时，便看到伊菲吉尼正在热火朝天地和两个与他同龄的年轻小伙子聊天。那两个孩子都是博萨勒[1]。我一开始还以为他们是纳戈人，但他们说话的腔调和曼雅娅的完全不同。伊菲吉尼告诉我，他们是蒙东格人，来自山区，见惯了丛林里的各种叛乱。

他们都是真正的战争首领，随时准备着征服或死亡。

我得承认，当起义的想法被提出和接受之后，伊菲吉尼便不再询问我的意见。我放手让他去做，自己则享受着孕期的愉悦、懒散，抚摸着在自己手下逐渐变圆的肚子，为自己的孩子哼着歌。我想起了母亲阿贝娜很喜欢的一首歌谣：

森林的深处，

有一个棚屋！

没人知晓里面之物，

1　出生于非洲，在欧洲殖民地遭受奴役的黑奴。——译者注

无人知道是谁之屋。

啊！是卡朗达幽魂

爱吃胖胖的小猪……

过了不久，我看见伊菲吉尼在存放用番石榴木和下脚麻做的火把。他这么和我解释："我们人手一把，在同一时间一起点燃它们，朝着庄园主的大屋进发！啊！那将会是多么欢欣美好的火焰！"

我低下头，难过地问道："孩子们也不放过吗？那些襁褓中的婴儿？那些还未换牙的小孩？那些青春期的小姑娘？"

听完，他气得直转圈："这可是你自己说的！他们同情过多尔卡·古德吗？他们放过本雅明·科恩·德阿塞韦多的孩子了吗？"

我的头垂得更低了，喃喃道："我们难道非得变得和他们一样？"

他一言不发地走开了。

曼雅娅被我招来，她盘腿坐在葫芦树的枝杈上，我激动地对她说："你知道我们想干什么。可每到行动之时，我就想起当年自己想报复苏珊娜·恩迪科特时你对我说的话：'别让你的心蒙尘。不要变得和他们一样！'这就是自由的代价吗？"

可与预期中的不同，曼雅娅并没有认真地回答我的问题，反而开始从一个树枝跳到另一个树枝，当跳到树顶的时候，她丢下一句："自由？你知道什么是自由吗？"

我还来不及向她提其他的问题，她就消失了。我能理解她的情绪。可是，有没有必要每次我身边出现一个男人，她就重复同样的话，哪怕那只是个小男孩？她为什么那么希望我独自一人生活？我打定主意，不给任何意见，让伊菲吉尼自由行动。一天晚上，他跑到我身边坐下："妈妈，你得回逃奴营地一趟。你得去见见克里斯托弗！"

我跳了起来："决不！这不可能！"

可他执意如此，语带敬意却决不妥协："非这样不可，妈妈！你是不知道这些逃奴的真实身份，他们和那些老爷之间有一个心照不宣的协议。要是他们指望主子能让他们享受那点儿卑微的自由，一旦发现岛上有任何风吹草动，有任何起义的苗头，就必须要向他们告密。所以，他们在四处都安插了眼线。只有你才能让克里斯托弗放下武器。"

我耸了耸肩："是吗？"

他尴尬地反问道："你不是怀着他的孩子吗？"

我没有答话。

不过，我觉得他说得有道理，便动身去了法利山。

"他承诺不插手了吗？"

"他承诺了。"

"够不够真诚？"

"至少我觉得够了！不过嘛，我对他也不是很了解。"

"你怀着他的孩子，却说自己不了解他？"

我脸上有点儿挂不住，什么也说不出来。

伊菲吉尼站起身来："我们决定四天后发起进攻！"

我抗议道："四天后？为什么这么着急？至少

让我问问灵体们这个时间是否合适！"

他嗤笑出声，他的副手们也都跟着齐声哄笑起来。然后，他对我说道："至今为止，妈妈，那些无形之人似乎对你不怎么样啊。不然，你也不至于沦落到现在这个田地吧。那天肯定是个好日子，正值上蛾眉月，月亮在夜半才会升起。我们的人能在黑暗中行动。他们会吹起阿本号角，手持点燃的火把，一起向着种植园主住的地方进发。"

这天夜里，我做了个梦。

三个猛禽一样的男人闯进了我的房间。虽然他们戴着黑色的风帽，蒙着面，可我仍然知道其中一人是塞缪尔·帕里斯，另一个是约翰·印第安，还有一个是克里斯托弗。他们拿着一个尖头木棒朝我扑来，我吓得惊叫出声："不，不要！我不是已经受过一次折磨了吗？"

他们对我的叫声置若罔闻，一把掀开我的裙子，强烈的腹痛立马向我袭来。我叫得更为凄惨。

就在这时，一只手放在了我的额头上。是伊

菲吉尼的手。我恢复了神智，站了起来，却依旧惊恐万分，深信自己再次惨遭毒手。他问道："怎么了？你难道不知道我就在你的身边吗？"

可那个梦太真实了，被迫重温了一遍被捕前那恐怖一夜的我，久久站着，一言不发。然后，我恳求道："伊菲吉尼，给我一点儿时间去祈祷、去祭祀、去联合所有的助力……"

他打断了我："蒂图巴（这是他第一次这样叫我，好像我不再是他的母亲，而是一个天真无智的儿童）……我很尊崇你的治愈之力。多亏了你，我才能活着呼吸太阳的香气。但其他的事情就交给我吧！未来属于那些知道如何创造它的人们，相信我，靠咒语和献祭几个动物是绝对无法成功的。只有行动起来才能达成目标。"

我哑口无言。

我决定不再争论，而是去做自己觉得必要的防范措施。可这一次拿来赌的筹码实在太大了，我没法不去找人商量。于是我跑到奥蒙德河边，召唤了曼雅娅、母亲阿贝娜和亚奥。他们出现了，脸上的表情是那般轻松愉快，我把这当成一种吉兆，心下稍安，对他们说："你们应该知道我们正在谋划的事情，有什么建议吗？"

无论生前还是死后都那么沉默寡言的亚奥，这次却第一个开口了："这倒让我想起了儿时的一场起义，蒂·诺埃尔组织的。当时，他还没有占领山地，仍在丽原的一个种植园中挥汗如雨。他在到处都安插了人手，只须振臂一呼，就能把种植园主的庄园化为灰烬。"

我听出他话中的保留，于是直截了当地问道："然后呢，结局如何？"

他用烟草卷了支烟，好像在争取时间，然后直视着我说道："和往常一样，血流成河！我们解放的日子尚未到来。"

我用沙哑的声音问道："那什么时候能来？还需要流多少血？为什么？"

三个灵体集体陷入沉默，仿佛这次我又触碰了那条规则，让他们徒增尴尬。亚奥接着说道："我们的记忆必经血染。我们的回忆如睡莲浮于血上。"

我仍不死心："直说吧，到底还要多久？"

曼雅娅摇了摇头："黑人的苦难没有尽头。"

我太熟悉她这种宿命论般的言论，恼怒地耸
耸肩。还有什么必要讨论下去呢？

　　　时间、黑夜和江河湖海之主，

　　　是你让婴孩在母亲的肚子里诞生，

　　　是你让甘蔗拔节生长，甜美多汁；

　　　时间、太阳和星辰之主……

我从未如此热忱地祈祷过。我的四周，黑夜
如墨，脚下堆积的祭品散发的血腥气在空气中弥漫。

　　　现在、过去和将来之主，

　　　没有你，土地将无法生产，

　　　不会有可可李，不会有毛叶枣，

　　　不会有西番莲，不会有甜槟榔青，

　　　不会有木豆……

我完全沉溺于祈祷之中。

临近午夜之时，月亮枕着云朵慵懒而出。

Chapter *15* 第 十 五 章

　　我有必要继续讲吗？听到这里的观众们，难道还没有猜出结局？

　　结果显而易见，不是吗？

　　再讲一次，不等于让我把那些痛苦再一一经历一遍？非得让我遭两次罪吗？

　　伊菲吉尼和他的朋友们做事十分周密，连我都不知道他们是怎么弄到枪的。也许他们跑去洗劫了奥伊斯廷斯或圣詹姆斯的某个军火库？这座岛以前一直被当作进攻西班牙的桥头堡，现在则始终处于法国人的威胁下，所以岛上有数不清的军火库。总之，屋外的枪支、火药和子弹渐渐堆成小山，伊菲吉尼和手下们人人有份。我不知道他们是如何计算所需物资和人员的，反正最后共有八百四十四支武器、有把握能参加的人员若干。不过，我倒是听到了他们是怎么分配物资的：

德布森林的蒂·若若：枪三支，火药三斤。

卡斯特勒里奇的内维斯：枪十二支。

庞普奇特的酒鬼：枪七支，火药四斤。

与此同时，密使们也以树丛为掩护，四处活动。有时，我看伊菲吉尼太累了，会试着劝两句："休息会儿吧？要是丧了命，这一切还有什么意义？"

他做了个不耐烦的手势，可还是听了我的话，坐到了我的身边。我摸着他那被太阳晒得粗糙发红的浓密卷发，对他说道："我总在和你说我的事情，不过，有件事我一直瞒着你。我曾经怀过一个孩子，但是不得不打掉了。我总觉得，你就是他。"

他耸耸肩："难怪人们总在说，真不知道女人们脑子里那些怪诞的想法都是哪里来的。"

说完，他站起身来，丢下一句："你有没有想过，我其实希望你别把我当儿子看。"

然后，他就离开了。

我不想深究他这话的意思。况且，听了这话，我心里也多少有些窃喜。倒计时开始了：离进攻还有一天。我其实并不太担心结果如何。事实上，我一直避免去思考这个问题，任由五彩斑斓的绮梦充斥我的大脑，大部分都和我的孩子相关。她已经开始胎动了。那是一种轻柔、缓和的爬行，仿佛在探索属于她的那个狭小空间。我想象着她的样子，一个长着头发、闭着眼睛的小蝌蚪，漂浮着，游动着，还想着翻身，却总不成功。哪怕如此，她仍不断地尝试，固执得很。再过不久，我们就能四目相对，满面皱纹、缺牙断齿的我肯定会在她那初生的目光前自惭形秽。不过，她定会为我一雪前耻，我的女儿！她会赢得一个拥有一颗玉米饼一样滚烫心脏的黑人。他会对她无比忠诚。他们将子孙满堂，他们会教导这些孩子如何发掘自身的美。孩子们会自由、挺拔地长成参天大树。

快到五点钟的时候，伊菲吉尼不知从哪家拎来一只兔子。虽然我在祭祀动物的时候从不迟疑，却非常厌恶将无辜的动物作为食物来宰杀。每杀一只鸡，每剖一条鱼，我都会祈求它们原谅我给它们造成的痛苦。我的动作已经相当笨拙，费了点儿力气坐到那个充作厨房的风障下，这才开始收拾那只牲畜。将它开膛破肚时，一股又黑又臭的血飞溅到我的脸上，同时，两块被绿膜包着的腐肉滚到了地上。那味道太难闻了，我猛地向后退了几步，刀也从手中滑落，正好插在了我的左脚上。我惊呼了一声，伊菲吉尼立马丢下手中正在上油的枪，跑来救我。

他将我脚上的刀拔出，拼命为我止血，可血仍止不住地往外流。这点儿伤口似乎就要让我的血流尽，地上的鲜血已经形成了一小摊血泊，这让我想起了亚奥之前说的话："我们的记忆必经血染。我们的回忆如睡莲浮于血上。"

把手边所有的衣服都扯成破布之后，伊菲吉尼终于止住了血，然后把包得像婴儿一样的我抱回棚屋："别动。我会料理一切的。你真以为我不会做饭？"

一股血腥味直往我的鼻腔中窜。突然，苏珊娜·恩迪科特闪过了我的脑海。这个可怕的悍妇！我曾害她像这样好几个月，甚至好几年困在床上，浸在自己的体液中，这是不是她对我的报复，就像她说过的那样？以血还尿。我们中谁更可怕？我本想祈祷，可精神根本不听使唤，只能盯着支撑着屋顶的那些纵横交错的木梁发呆。

不一会儿，曼雅娅、母亲阿贝娜和亚奥都来看我了。他们刚才正在北角，回应一位甘布瓦泽法师的召唤，一看到我受伤便马上赶回来了。曼雅娅轻抚着我的肩膀："没事。很快你就不会再想这些事了。"

我的母亲阿贝娜自然是忍不住要叹气抱怨：

"非要说你缺乏什么天赋，那就是挑男人的眼光。不过，很快，一切都会恢复秩序。"

我转向她，问道："这话是什么意思？"

可她答非所问："你是想收集泥浆吗？瞧瞧你的头发，和木棉树新芽上的白色茸毛似的。"

亚奥只是亲了亲我的额头，低声说："回见！该来的时候，我们会来的。"

然后，他们就离开了。

八点左右，伊菲吉尼用库伊给我盛了碗食物来。他用猪尾、米和黑眼豆做了一餐。他替我换了绷带，说不用担心再流血了。

行动前一晚，怀疑、恐惧和怯懦的情绪轮番上演：这有什么用？难道生活就这么不堪？尽管吝啬，它好歹给予了我们一些小小的幸福，为什么要冒着生命危险做这种事？起义前的最后一夜！我心里七上八下的，烛火都不敢熄，盯着自己那怪物一般在墙壁上舞动的身影。伊菲吉尼突然跑到我身边蜷缩而卧。我抱住他那健壮精瘦的上半身，听到他的心在狂跳，于是轻声问道："你也害怕吗？"

　　他一声不吭，双手却在暗处摸索着。我这才愕然地明白他想要什么。是出于恐惧、安慰，或是一种相互慰藉？抑或是最后的放纵？也许都有吧，总之，这种种情感交汇成了一种急迫灼热的欲望。当这具年轻似火的身躯抵住我的时候，一开始，我的身体是抵触的。我羞于将自己的衰老展现给他。由于深信我们的这种行为无异于乱伦，我还差点儿猛地推开他。可很快，他的欲望也感染了我。我的身体里不知从哪儿涌起一阵湍急汹涌的欲浪，淹没了我，淹没了他，淹没了我们。几次翻云覆雨之后，我们已气喘吁吁，婉转哀求，缴械投降，最终停泊在栽满榄仁树的小港湾。我们不停地拥吻时，他附耳说道："你知道看着你怀着别人的孩子我有多么难受吗？还是那个我瞧不起的男人的孩子！你知道克里斯托弗的真实身份和他所扮演的角色吗？不过，我们还是别谈他了，毕竟死神正在磨刀。"

　　"你相信我们能赢吗？"

　　他耸耸肩："这不重要！重要的是，我们试过了，挑战过神灵的宿命！"

我叹了口气，他将我拥进怀中。

赞美爱情，它让人遗忘。让人忘却奴隶的身份，驱散了焦虑和恐惧。回归平静的伊菲吉尼和我深潜于睡眠的海洋。我们逆流而上，看针鱼戏沼虾。然后，一起在月色下晾着头发。可这沉眠太过短暂。我得承认，沉醉过后，丝丝羞耻之感便爬上心头。老天爷！这个男孩都可以当我的儿子了！我已经完全不要自尊了吗？而且，为什么要将一个个男人都拉上我的床？赫斯特说得真的一点儿也没错！

"你的爱欲过重，蒂图巴！"

我扪心自问，这是不是就是我人格上的缺陷，一个我早就应该去治疗的毛病。

屋外，夜马在奔驰。扑啦——咔——嗒！扑啦——咔——嗒！我的儿子兼情人在我的怀中沉睡着。而我却无法安眠。我生命中所经历的事情一股脑地浮现于脑海。那些我爱过、恨过的人一一围到我的草垫边。我认识他们中的每一个人！我能叫出每张面孔的名字，贝齐、阿比盖尔、安妮·帕特南、帕里斯夫人、塞缪尔·帕里斯、约翰·印第安。就在我的身体刚证明了它的轻浮之时，我的心却告诉我，它永远只属于一个人。

他在那寒冷不祥的美洲过得怎么样？

我知道，越来越多的黑人去了美洲，得益于我们的汗水，美洲正准备统治世界。我知道，印第安人已被从地图上抹去，被迫在曾经属于他们的土地上流亡。

约翰·印第安在一个对黑人、老弱、怀有梦想者如此苛刻，且并不以人的品行作为衡量标准的地方做什么？

夜马在奔驰。扑啦——咔——嗒！扑啦——咔——嗒！所有这些人影都以一种独属于夜间生物的准确性在我的身边盘旋。

是苏珊娜·恩迪科特在报复我吗？她的法力难道比我的高强？

屋外刮起了大风。我听着它将树上的杧果全都扫落。我听着它在加拉巴士木的四周打转，吹得加拉巴士果相互碰撞。我很害怕，很冷，很想重新回到母亲的肚子里。可就在这个时候，我的女儿动了一下，仿佛在回应这一情绪。我将手放在自己肚子上，渐渐地，一种异样的平静占据了我的身心，伴随着某种清明，仿佛自己已心甘情愿地接受了即将到来的最后一幕。

五感变得更加敏锐的我感到风停了。鸡棚里，一只鸡被獴惊得咕咕直叫。然后，万物俱寂。我终于睡着了。

我一闭上眼，便进入了梦乡。

我想进入一个森林，但树木们联合起来抵抗着我，从树顶上落下的那些黑黢黢的藤本植物将我捆住。我睁开双眼。屋子里满是黑烟。我刚想大叫："我已经历过这些！"

我猛然惊醒，连忙推了推依旧沉睡得如同婴孩、嘴角边还挂着灿烂笑容的伊菲吉尼。他睁开了仍沉浸在喜悦回忆中的迷蒙双眸。不过，很快，他便意识到有大事发生了，连忙跳下了床。我也下了床，动作却因为伤口和仍在流血的双脚而显得迟缓。

我们急忙走出屋子。棚屋已被士兵包围了，他们全都举着枪对着我们。

是谁出卖了我们？

种植园主们决定以儆效尤。因为这已经是三年内的第二次大规模起义。他们甚至叫来了防御本岛的英国部队以保证万无一失。所有的种植园被一一仔细搜查，任何有嫌疑的奴隶都被押到了吉贝树下。然后，所有的人被刺刀抵着，送往一片林中空地，那里已经竖起了十几个绞架。

一只眼睛戴着眼罩的埃林和其他种植园主一起，在行刑地四处逡巡。他跑到我的身边，冷嘲热讽道："哎哟，女巫！你本该在塞勒姆就尝到的滋味，现在终于要在这里尝到了！别急，你马上就要见到那些走在你前面的姐妹了。好好去参加巫魔夜会吧！"

我懒得理他，只是望着伊菲吉尼。作为发起者的他被打得体无完肤，连站都站不稳，要不是有个工头一刻不停地抽打着他，恐怕他就要瘫倒在地了。他的脸肿胀成那样，双眼估计已经看不清什么，但仍执着地寻找着太阳，像盲人一般渴求着它的温暖甚于它的光明。我朝着他大喊着："别害怕！千万别害怕。我们很快就可以团圆了！"

他朝着我声音的方向转过头来，不能说话的他给我做了一个手势。

他第一个被吊上那粗大的木桩，尸身在空中飘摇。而我则是最后一个，因为我值得被特殊对待。我曾在塞勒姆"躲过"的刑法，理应在这里明正典刑。一个穿着威严红黑制服的男人，开始历数我的累累罪行，过去的，现在的。我曾对一个宁静敬神的村镇里的居民施法。我唤醒了他们心中的恶魔，让被欺骗、被煽动的他们彼此对立。我曾放火烧掉了一位正直商人的家，他没有计较我之前所犯的罪过，这种天真的代价就是子嗣的消亡。面对这一指控，我差点儿忍不住大喊出声，不对，这是谎言，残忍又恶毒的谎言！可转念一想，这又有什么用呢？很快，我就会抵达普照真理之光的王国。坐在绞架木桩上的曼雅娅、母亲阿贝娜和亚奥都伸着手准备迎接我。

我是最后一个被带上绞刑架的。我的周围，全是结满怪果的奇树异木。

尾声

　　这就是我的一生。苦。太苦了。

　　而我真正的故事从人生结束的那刻才开始，还远没有结束。克里斯托弗错了，或者他当时想伤害我：蒂图巴之歌，它是存在的！从岛的这头到那头，从北角到银沙，从布里奇顿到底湾都能听到它。它奔驰于山巅峻岭，摇曳于美人蕉间。一天，我甚至听见一个四五岁的小孩在哼唱。欢欣鼓舞的我在他脚边放了三个杧果，他呆在那里，瞪着那不在果期却送给了他这般礼物的杧果树。昨天，我又听见一位在溪边捶打衣物的妇女在那儿低声吟唱。为表感谢，我缠在她的颈项上，恢复了她那早被遗忘的美貌，让她在低头照影时得以重见。

　　时时刻刻，我都能听到它。

　　当我赶往临终之人的床前时。当我用双手捧着那已逝之人仍在战栗的灵魂时。当我让阳间之人重见那些他们以为早已失去的人时。

因为，无论是生是死，无论有形无形，我始终在包扎，在治愈。更重要的是，在我的儿子兼情人伊菲吉尼这一永恒伴侣的帮助下，我赋予了自己一个新的任务：医治凡人之心，滋养自由之梦想、胜利之希望。没有哪场反抗、暴动和起义不是由我孕育的。

一七××年的那场叛乱流产后，岛上每个月都会发生火灾，每个月都有一个种植园遭投毒凋零。在我的命令下，那些被埃林害死的灵魂每晚都会到他床前演奏格沃卡[1]，最后他不得不渡海而逃。我一直陪着他上了"信仰"号，看着他一杯接着一杯地灌酒，希望能获得一夜安眠。

克里斯托弗同样也在床上辗转反侧，无心女色。我强忍着没有进一步折磨他，毕竟，他是我那未及出世便夭折女儿的父亲。

我也没有跋山涉水去找塞缪尔·帕里斯和那

1　一种非洲歌舞音乐表演形式，主要乐器有鼓、沙球等。——译者注

些法官及卫道士算账。我知道，有人会去找他们的。唯愿塞缪尔·帕里斯之子，他的心肝和骄傲，死于疯癫。唯愿科顿·马瑟名誉扫地，连小孩子都会对他指指点点。唯愿那些法官都丧失权柄。唯愿，如丽贝卡·纳斯所说，另一场审判很快到来！只要不牵扯到我，随便！

我不属于那圣书和憎恨的文明。我的记忆会留在我族人的心中，根本无须文字。一切都在他们的脑中。一切都在他们的大脑和心中。由于我在死之前没能诞下子嗣，无形之灵特许我选择一位女性继承人。我找了很久。在各个棚屋中流连考察，观察着喂奶的洗衣妇和被迫将婴儿送往荒野、送入虎口的"卸货员"。经过比较、掂量、触摸，我终于找到了这位命定之女：萨曼莎。

我是看着她出生的。

我时常照顾她的母亲德利斯，一个住在底湾威洛比种植园的克里奥女奴。由于在之前的两次分娩中连失两子，这一次她很快就将我召唤到了她的身边。为了缓解焦虑，她的伴侣在凉台上拼命灌酒。

好几个小时的分娩后，婴儿的屁股先露了出来。做母亲的已失血过多且力气耗尽，她那可怜的灵魂只求着飞往极乐。那个小小的胎儿却拒绝如此，它仍在战斗，奋力进入这个与彼方仅有薄薄一片肉膜之隔的世界。它最终胜利了，我用手接住了这个有着好奇目光、嘴唇丰润的小姑娘。我看着她长大，用她那罗圈小腿踉踉跄跄地探索着那宛如封闭地狱一般的种植园。她总能在其中找到属于自己的幸福：一片雪花的形状、一朵依兰花舒展的花瓣，或者苦橙那凉爽的口感。她刚学会说话，便问道：

"为什么赞巴象那么蠢？它干吗让兔子站在它的背上？"

"为什么我们是奴隶，他们是主人？"

"为什么只有一个上帝？难道不是应该奴隶们一个，主人们一个吗？"

大人们的答案都没能让她满意，于是她就开始自己编。我第一次出现在她面前时，虽然她已经从岛上的流言中知道我是个死人，却丝毫没有惊讶，仿佛她早就知道自己命中注定会与众不同。现在，她恭敬地跟着我学习。我向她展示所有被允许的秘技、植物所蕴含的力量，以及动物的语言。我教她如何发现世界的隐形之态、遍布其中的交流网络和象征符号。当她的父母睡着后，她就会来到我身边，我已经让她爱上黑夜。

她虽不是我亲生的，却是被我养大的！这是一种更为高尚的母爱！

伊菲吉尼，我那个儿子兼情人，也不甘于后。他一直努力让她去完成自己未能在生前实现的起义。他也选了个继承人，是个小腿矫健的刚果小黑奴。那些工头已经盯上他了。有一天，他竟然想公开演唱蒂图巴之歌。

我再也不是孤家寡人。曼雅娅、母亲阿贝娜、亚奥、伊菲吉尼、萨曼莎，都在身边。

还有，我的岛。我已和她融为一体。我在她的每一条道路上都留下走过的足迹，在她的每一条小溪中都沐过浴，在她的每一棵吉贝树上都荡过秋千。这美妙、持续的共生关系无疑是对那段在沙漠一般的美洲孤独岁月的补偿。那一片广大、残忍、滋生恶念之地！很快，为了更方便处决我们，他们将全部戴上风帽，他们将会用隔离区困住我们的子孙，还会在每一条权利上与我们锱铢必较，血流成河。

我唯一的遗憾就是不得不与赫斯特相隔两地。所有的无形之人都有遗憾，这让拥有的幸福变得更有滋味。当然，我们可以交流。我能闻到她呼吸中干杏仁的味道，听见她的笑声。但我们依旧隔海相对，无法跨越。我知道，她仍在追寻自己的梦想：创造一个更加公平和人性化的女性世界。而我，我以前耽于男人，现在也依旧未变。我偶尔仍会钻进某张床，满足一下欲火焚身的某人，而我的那些露水情人往往会讶异于自己的独乐之趣。

是的，现在的我是幸福的。我知晓过去，审读现在，掌握未来。现在，我知道了为什么会有如此多痛苦，为什么我们这些奴隶的眼中，无论男女，都会闪着泪水。可我也知道，一切终有时。什么时候？这不重要！我不着急，因为我已经摆脱了只有人类才有的焦虑。生命在永恒的时间面前算得了什么呢？

上周，一位年轻的博萨勒女人自杀了，她和我的母亲一样都是阿散蒂人。牧师给她取了一个教名，利蒂希娅，而她一听到这个野蛮怪异的名字就跳脚。她三次吞舌，三次都被救了回来。我一直寸步不离地盯着她，给她打气。唉，可一到早上，她便被人们弄得更加绝望。终于，她趁我不注意的时候抓了一把木薯叶子，与木薯那有毒的根一起嚼了。当其他的奴隶发现她时，她已经身体硬直，嘴角流涎，开始发臭。不过，这种情况还是很少见的，大部分时间，我都能将一个处在绝望边缘的奴隶劝回来："看看我们广袤的大地。很快，她便会完完整整属于我们。荨麻和甘蔗之地。成山的薯蓣和成片的木薯。都是！"

我也时不时会心血来潮地想回到肉体凡胎。然后，我就会变个身。有时变成龙蜥[1]，当孩子们拿着小小的麦秆套索靠近我时，我便会鼓起气囊。有时

1　一种小型蜥蜴。

变成斗鸡场里的甘布鸡，人们的欢呼雀跃比朗姆酒更让我沉醉！哈！因为我而获胜的奴隶脸上的激动神情是多么令人欢喜！他会边舞边走，挥动着拳头比画一个手势，很快，这手势就成了胜利的象征。有时我也会变成一只鸟，接受着那些小鬼头"掌中游戏"[1]的挑战，当他们大喊："中！"我便在翅膀的扑腾声中一飞而去，笑看他们那沮丧的神情。有时，我还会变成萨曼莎身边的山羊和蜗牛，可她从来不上当。我的这个小姑娘已经学会了如何从动物毛发的摆动中、从篝火的噼里啪啦声中、从四溅溪水的虹色中、从弄乱山林树丛发型的风声中认出我的踪影。

1　弹弓。

历 史 注 释

　　塞勒姆女巫审判以 1692 年 3 月萨拉·古德、萨拉·奥斯本和蒂图巴的逮捕拉开序幕。蒂图巴承认了自己的"罪行"。萨拉·奥斯本于 1692 年 5 月死于狱中。

　　十九个人被施以绞刑。一个名叫吉勒斯·科里的男人被处以严刑（用石头压死）。

　　1693 年 2 月 21 日，海湾殖民地皇家总督威廉姆·菲普斯爵士向伦敦提交了一份关于巫术问题的报告。他在报告中陈述，仍有五十多名妇女被关押在殖民地的牢房中，希望批准减轻她们的痛苦。1693 年，当最后一批被告获得大赦之时，这些女性都重获自由。

　　在与当地居民就年金和一直未曾交付的取暖木材发生长期争执后，塞缪尔·帕里斯牧师于 1697 年离开塞勒姆镇。他的妻子于前一年难产去世，给他生下了一个儿子，诺伊斯。

　　大约在 1693 年，为了偿还她在监狱里的"膳宿费"和铁链枷锁的费用，女主人公被卖。卖给谁了？历史学家，无论有心无心，都是些种族主义者，没人关心这个问题。据安妮·佩特里，一位也对这个人物着迷的美国黑人女作家所说，蒂图巴被一个纺织工买走了，终老于波士顿。

也有一些传闻认为她被卖给了一个奴隶贩子，后者把她带回了巴巴多斯。

而我呢，我给了她一个我所选择的结局。

需要注意的是，塞勒姆镇现在属于丹弗斯市。还应注意的是，如今因巫术事件而非集体癔症出名的，是大部分审判发生的所在地塞勒姆市。

M. C.

图书在版编目（CIP）数据

薄如晨曦 / (法) 玛丽斯·孔戴著；张洁译. -- 北
京：九州出版社，2023.9（2023.11重印）
　　ISBN 978-7-5225-1811-4

　　Ⅰ.①薄… Ⅱ.①玛… ②张… Ⅲ.①长篇小说—法
国—现代 Ⅳ.①I565.45

　　中国国家版本馆CIP数据核字(2023)第079991号

Moi, Tituba, sorcière...: Noire de Salem by Maryse Condé
©Mercure de France, 1986.
Simplified Chinese edition arranged through Dakai — L'Agence.

著作权合同登记号：图字01-2023-2601

薄如晨曦

作　　者	［法］玛丽斯·孔戴 著　张　洁 译
责任编辑	牛　叶
出版发行	九州出版社
地　　址	北京市西城区阜外大街甲35号(100037)
发行电话	（010）68992190/3/5/6
网　　址	www.jiuzhoupress.com
印　　刷	河北中科印刷科技发展有限公司
开　　本	720毫米×1000毫米　32开
印　　张	10.625
字　　数	110千字
版　　次	2023年9月第1版
印　　次	2023年11月第3次印刷
书　　号	ISBN 978-7-5225-1811-4
定　　价	62.00元